「な、な……っ！」
「ユキの背中って、ほくろ一つなくて綺麗でいいな。艶々してて、マンガに出てくる美形の奴隷っぽい。でも俺のもの」

Illustration／SAKI TAKARAI

プラチナ文庫

Platinum Label

俺がいないとダメだから

高月まつり

"Ore ga Inaito Damedakara"
presented by Matsuri Kohzuki

プランタン出版

イラスト／室井さき

目　次

※本作品の内容はすべてフィクションです。

開け放った窓から、薫風が流れ込む。

六畳一間の子供部屋に、「本の蟻塚《ありづか》」が山ほどあった。大きな本棚では足りず、机の下やベッドの下を占領し、洋服が入っているクローゼットの中まで本は侵入した。

積み上げられたジャンルも節操がない。ジャンルを決めて読むのではなく、「本を読めるのが楽しい」、そんな感じだ。

地震と共に崩れてしまうだろう砦《とりで》の中、山咲雪栄《やまさきゆきえい》はベッドの上で棒アイスを囓《かじ》りながら、幼なじみにして親友を応援する。

「もうすぐ終わるだろ？　絶対に終わる。終わらない仕事なんてこの世にはない。だから大丈夫だ。頑張れ良太郎《りょうたろう》。お前なら出来る。俺には分かる」

冷静なエールを受け取った東堂《とうどう》良太郎は、ぴたりと手を止めて雪栄を見た。

「ユキがうるさいから、話がまとまらないっ！　最後の盛り上がりなのにっ！」

ふわりと柔らかな赤茶けた髪に、色素の薄い大きな目。大声を出して赤くなった頰《ほお》はバラ色。華奢《きゃしゃ》な体格。どこから見ても色白の美少女にしか見えないが、彼はれっきとした男子高校生だ。

対する雪栄は肌は平均的日本人の色で、髪と目も真っ黒だ。きゅっと切れ上がった大きな目は猫の目の形に似ていた。長く密集したまつげのせいで、アイラインを引いているように見えるのも猫っぽい。

「……それは悪かった。下に行ってようか」

勝手知ったる幼なじみのお隣さん。

両家の大黒柱が親友同士で、生まれる前から大家族のように親しい付き合いをしているせいか、雪栄が東堂家の中をうろついていても、「あらユキちゃん、来たの？」で終わった。良太郎が山咲家に行っても同じことを言われる。

物騒な世の中にして、希薄な近所づきあいが多い昨今、両家はかなり珍しい関係を何十年も続けている。

雪栄はアイスを銜《くわ》えたままベッドから降りたが、いきなり良太郎に右腕を摑《つか》まれた。

「なんだ？」

このままではアイスが溶けると思い、雪栄は首を傾《かし》げながらアイスを食べきる。

「ユキが傍《そば》にいてくれないと寂しい。ユキが呼吸している姿を傍で見たい」

うるうると目を潤ませて雪栄を見上げる良太郎の姿は、やはり、どこからどうみても美少女だ。

雪栄はしかめっ面で良太郎を見下ろし、ため息をつきながら呟《つぶや》く。

「お前……今年で幾つだ？」

「十七になった。誕生日を祝ってくれたじゃないか。最高のプレゼントをもらった。ノートパソコン。俺の記念日になった。雪栄は、俺の欲しいものが分かる天才だ。俺の守り神」

「中古の安いヤツだ。……それに、守ってやってる自覚はあるが、俺は神じゃない」

「俺にとっては神だ。……勝利の女神。愛してます。ホント。心の底から。なので、俺の傍から一生離れないでくれ」

お前に言われなくとも、俺は一生お前の傍にいる。恋人にはなれないけど、親友だったらずっと傍にいられるだろ？

雪栄は心の中でこっそり本音を呟いて、真剣な顔で自分を見つめている良太郎に「分かったよ」と微笑んだ。

「よし。だったら、すぐに書き終えるっ！　この話、来月末締めのラノベ大賞に応募するんだ。俺だって、やれば出来るっ！　愛する者に見守られてやり抜くのだっ！」

良太郎は雪栄に宣言すると、再びノートパソコンのキーを叩《たた》き出した。

雪栄はベッドに戻り、ごろりと寝転んで、良太郎の話が終わるのを待った。

そして、数十分後。

プリントアウトを終えたばかりの原稿の束は、ホコホコと温かい。

良太郎は無言で原稿の束を雪栄に差し出す。雪栄は黙って受け取る。

それは、彼らにとって神聖な儀式だった。

雪栄は受け取った紙の束の両端を持ち、あぐらをかいた膝《ひざ》をテーブル代わりに一番上の文字を読む。

『山田《やまだ》さんちの過激な事情』

雪栄は「不思議なタイトルはいつものことだ」と心の中でそっと呟き、ページを捲《めく》った。

どんなにふざけたタイトルだろうと、本文に入った途端に時間を忘れる。

初めて良太郎の小説を読んだ中学二年の春から、ずっとそうだ。

荒唐無稽《こうとうむけい》な主人公が織りなす物語にどっぷりとハマり、読むページが少なくなっていくのが寂しくて、読むスピードをわざと遅くしたりする。勿体《もったい》ないと思いつつも、ラストを読まずにいられない。そして最後の一行を読み終えたときには、幸せな満足感が残る。

それが良太郎の書く話だ。今回も、雪栄は数時間をかけて読み切り、ドキドキしながら感想を待っている良太郎に言った。

「ヤバイ。今まで俺が読んだ中で、一番面白い」

『雪栄君は、成績優秀スポーツ万能、友人や教師たちからの信頼も篤《あつ》く、目下の者には優しい。非の打ち所のない青年です』

大して苦労したわけでも努力したわけでもないが、雪栄が周りから受ける評価は常にこれだった。

本人は意識しないので、「鼻につく」「上から目線」と嫉妬《しっと》されることもなく、順風満帆な人生を歩んできた。これからもそうだったろう。

親友に恋をするなどと、バカなことをしなければ。

『気がついたら好きになっていた』

夏休み。登校日。教室の開け放たれた窓。気持ちのいい風。優しく揺れる良太郎の髪。頬に触れた。それだけ近くにいた。柔らかな髪。雪栄は触りたかった。良太郎に。

『来年の今頃は、二人揃《そろ》って大学生だな』

良太郎が言った。半袖《はんそで》の開襟シャツが日に透けて、体の線が影になった。

その瞬間、雪栄の心の中で、こつこつと地道に日々積み上げられた「何か」が倒壊した。

避難警報は間に合わない。だって、まだまだ積み上げられると思っていたのだから。

母が「後厄というのは、後ろから石を投げられるようなもので、避けようにも避けられないのよねー」と呟いていた台詞が、なぜか雪栄の頭の中でリフレインした。

避けようにも避けられない、か。なるほど。良太郎の存在は、俺にとって後厄なのか？

雪栄は真剣に悩んだが、大事な親友を「災厄」にすることはできない。そういうのは、良太郎が書いた小説の中だけでいい。

雪栄は賢い。だから理性は、すぐに「恋」だと認めた。その代わり感情は「あり得ない」と反発した。脳内オーディエンスは二つに分かれ、雪栄は頭の中で毎日不毛な議論を交わした。

その結果、雪栄は良太郎に対する自分の思いを恋と認めた。

しかし、恋だと認めたところで、雪栄にはなんの楽しみもなかった。

幼なじみにして親友という立場を利用しても、二人の間には友人たちが入ってくる。雪栄は、「俺は良太郎と二人きりでいたいんだ」と言うことが出来ずに、いや出来るわけがないので、いつものように「誰にでも優しい理解ある優等生」を演じた。

どちらか片方が異性であれば、「幼なじみから恋人へ」という、ある意味王道のカップルになれただろう。

どんなに仲のいい幼なじみ同士でも、男同士では一生幼なじみ。よくて親友にしかなれない。かといって、「お前が好きだ」と告白したら、最悪絶交だ。二度と口を聞いてもらえない。家族に理由を問われても本当の事は言えず、気まずいまま関係が終わってしまう。

雪栄は、それをもっとも恐れた。

順風満帆な人生故、独占欲など知らずに済んだ雪栄が、唯一独占したくてたまらない人間が男だった。

雪栄は、なんで男なんだと自嘲《じちょう》気味に自分に突っ込みを入れながら、「だって好きになっちゃったんだもん」と開き直るという……そういう気持ちで生活をするはめになった。

良太郎にはまったく問題はないが、雪栄は時折、「なんで俺だけこんなに苦しまなくちゃならないんだ」と理不尽な怒りに襲われた。

親友を好きになるなんて、やっかいなだけだ。けれど、良太郎が変な女に引っかかるのを黙って見ていられない。だから俺は、お前のそばでずっとお前を守ってやる。「好きだ」と告白しないんだから、傍にいるくらい許せ。

……と、これまた自分勝手なことを思いながら、雪栄は良太郎の傍に居続けた。


あれから八年。

雪栄は大学卒業と同時に家を出て、築四十年という古ぼけたマンションで暮らしている。

だが一人暮らしではなく良太郎も一緒だ。

良太郎の両親は、家事が何一つ出来ない良太郎に「あんたが一人暮らしなんてとんでもない」と至極当然な理由で反対したが、間に雪栄が入った。

幼稚園の頃から何かと良太郎の面倒を見ており、仕事に忙しい両親の代わりに家事をやり続け、完璧な家事のプロとなった雪栄が、良太郎との同居を彼の両親に提案したのだ。

良太郎の両親は「ユキちゃんが一緒なら心配ない」と二つ返事で息子の独立を了解した。

実はこのとき、雪栄は良太郎よりも安堵《あんど》していた。

家のことが何も出来ない良太郎が、家を出たいと言うとは思わなかったのだ。就職してから数年は、貯《た》金が貯まるまで実家から通おうと思っていた雪栄は、このままでは良太郎の傍にいられなくなると焦り、練った策が「同居」だ。

マンションの最上階の角部屋。ゆったりとしたリビングと、十畳の洋室が二部屋もある二LDKだが、老朽化している上にエレベーターのない四階建てなので家賃が格安だ。

格安家賃の上にルームシェアなので、生活に不自由はない。

「良太郎。……今夜中に原稿が上がらなかったら、俺は初稿を読んでやれないぞ？　明日は社内有志で、河原でバーベキューなんだ」

金曜日の夜のこと。

会社から帰宅した雪栄は、リビングのソファに横たわっている良太郎を見下ろして、呆《あき》れ声で呟く。

「いいなあ……肉……。俺も食べたい。今食べたい。腹減った。ユキ、俺は空腹で死にそうだ。肉ならなんでもいい。というか、ユキを食べたい。きっと美味《おい》しい」

「バカ。俺は食い物かよ。軽い飢餓状態の方が、仕事がはかどる。そう言ったのはどこの誰だ？」

雪栄は「今夜は焼き魚」と、ホッケの入ったビニール袋を揺らして見せた。

「うう……。鬼嫁……」

「その台詞は、実際の嫁に言え。俺はお前の嫁じゃない」

鬼嫁でも、嫁と言ってくれるのは嬉しい。だが、簡単に人に嫁と言うな……っ！

雪栄は、心の中でじたばたと動いて大声を出していたが、外見はいつもの「優等生顔」だ。十年以上も続けていれば、仮面も一つの表情となる。

「そうか分かったぞ。俺の目の前にいるユキは、実は本当のユキではなく、俺の才能をねたんだ敵勢力が……」

「敵って誰だ。どこだ」

「俺の、次の話のネタです。はい、すみません……」

良太郎はそう言って、のっそりと起き上がった。

首の伸びたクタクタの半袖Tシャツに、膝の出た灰色ジャージ。柔らかな癖毛の髪は、中途半端に伸びてだらしない。容姿が端整なので、だらしない恰好が目立つ。

「いい加減に、上着を着ろ。暖かいのは昼間だけで夜はまだ寒い」

「面倒くさい……」

「だったら、せめて新しいTシャツを着ろ。この間、俺が買ってやったTシャツは？」

「勿体ないからしまってる。ユキのプレゼントには愛がこもってる」

良太郎はそう言って大型液晶テレビのリモコンを摑み、夜のニュースにチャンネルを合わせた。

「あのな、洋服は着るためにあるんだが」

「でも俺は……滅多に外に出ないし」

順風満帆に一流企業に就職した雪栄と違い、クリエイティブな才能に満ちあふれた良太郎は、高校三年生の夏に投稿した小説で新人大賞を取ってデビューして以来、作品を発表し、今ではライトノベルズをメインに執筆する作家となった。

コンスタントに仕事がもらえるのだろうかという雪栄の心配は杞憂《きゆう》だった。

リビングの端にドッシリと構えた本棚には、良太郎の書いた本が確実に増えている。

雪栄は、良太郎の書く話はどれも面白いと思っているが、それが世間も同じだということを、この本棚でいつも実感している。

「ちゃんと日に当たらないと、気持ちが滅入《めい》るぞ？　やる気も出ない。よし、土曜日のバーベキューは、お前も一緒に来い。めいっぱい日に当たれば、そのだらしなさもなくなるはずだ」

「知らない人について行っちゃいけないと言ったのはユキだ」

「いつの話だよ」

雪栄は苦笑を浮かべ、カウンターキッチンの中に入った。

冷蔵庫の中にホッケを突っ込み、代わりに缶ビールを一本引っ張り出す。良太郎は下戸なので、ビールの代わりに炭酸のミネラルウォーターのペットボトルを取り出した。

「まあ、ひとまずコレを飲んで待ってろ。……着替えたら、夕食を作ってやる」

「腹いっぱい食べたい」

良太郎はペットボトルを受け取り、ため息交じりで呟く。

「腹いっぱい食べたら、眠くなって仕事ができないだろ？　いつもの半分にしておけ」

「どんぶり飯でカツ丼食べたい。ウニいくら丼食べたい。鰻丼《うなどん》食べたい。ユキ丼食べたい」

良太郎はどさくさ紛れに、雪栄を丼《どんぶり》に押しこんだ。それを想像した雪栄は、「ぷっ」と噴き出す。

「原稿が落ちてもいいなら食え。ただし『ユキ丼』以外だ。デリバリーの広告は電話台の下に詰まってる」

ネクタイを緩めながら低い声で呟く雪栄に、良太郎は拗《す》ねた子供のように唇を尖《とが》らせた。

「編集だって……そんな酷《ひど》いことは言わないのに」

「お前が拗ねて書かなくなったら困るから、『頑張ってください』としか言わないのだろう？　そういうのは普通だと思う」

「食べないと倒れますからねって……言ってくれるのに」

「倒れたら、原稿が上がらなくて……」

「もういいっ！　ユキは早く着替えて、俺に食事を作れっ！　いや、作ってくださいっ！」

良太郎は途中で大声を出し、雪栄に命令したりお願いしたりと忙しい。

雪栄は苦笑を浮かべて「はいはい」と、ひとまず自分の部屋に向かった。

焼きホッケの大根おろし添えに、ほうれん草のおひたし。大根の皮のピリ辛きんぴらに、揚げ豆腐の鶏《とり》の挽肉《ひきにく》あんかけ。味噌汁《みそしる》はワカメとジャガイモ。

雪栄は、キッチンカウンター横に設置してある小さなダイニングテーブルに並べられた料理の数々を見下ろし、小さく頷《うなず》くと写真を撮った。

毎日の献立を写真に撮り、献立を書いてブログにアップするのが、雪栄のささやかな趣味だ。ブログのタイトルは「二人暮らしの男飯」。コメント欄は閉じているので気を使うことがないかわり、反応もない。しかし、二百万ヒットという隠しカウンターのカウントと常時上位のランキングが、「二人暮らしの男飯」の人気の高さを裏付けていた。

「なあユキ。もう食べていい？　俺……今にも死にそうです。餓死したらユキのせいだ」

自分の席にちょこんと腰掛け、両手で箸《はし》を握りしめている姿は二十五歳には見えない。凄《すご》く可愛《かわい》い。

雪栄は良太郎のその姿もカメラに収めてから、「召し上がれ」と言った。

「俺は本当に……ユキが傍にいてくれるから生きていけるんだなって……こういうときにしみじみ思う。こんなに俺好みの旨《うま》い料理を作れるユキが一生俺の傍に。ふふふ……」

良太郎は、雪栄に飯を盛ってもらいながら気味の悪い声で笑う。

「なんだそれ。一生だと？　だったらそれなりの給料を払え。家政夫をしてやってもいい」

「裸エプロンで家政夫希望。……しかし、最初に裸エプロンを考えた人間って凄い……」

「男の裸エプロンが楽しいかよ。何を言ってんだが」

雪栄は笑いながら、良太郎に山盛り飯の茶碗《ちゃわん》を渡す。

「でも裸エプロンなら新妻がいいなあ。新妻の裸エプロン。俺がユキを嫁にすれば、毎日見放題か。いいなそれ。ユキが俺の嫁だなんて素敵だ」

良太郎は茶碗を受けとる。

そのとき、二人の指先が触れ合った。

これくらい、雪栄は気にしない。いつものことだ。

「嫁にこい」「傍にいて」は、良太郎のいつもの口癖だと分かっている。それが「どうせ冗談のくせに」といちいち傷つくほど、雪栄は可愛い性格ではなかった。

「俺を嫁にするか。ふん。俺は嫉妬深くて独占欲が強いから、お前を檻《おり》に入れて飼うぞ。誰にも会わせない」

「え？　俺がユキを監禁するんじゃなくて逆？　でもユキの料理は旨いから別にいいか」

「人権侵害甚だしいが」

「だってユキは、俺に酷いことはしないって分かってる。理解してる。つか、愛してる」

良太郎は雪栄を見ず、大根おろしに慎重に醤油《しょうゆ》を垂らしながら言った。

簡単に言うなよ、おい。ああ、この信頼度が恨めしい。でも嬉しい。

雪栄は生温かい笑みを浮かべ、「良太郎は、俺を嫁にしたらどうしたいんだ？」と尋ねてみた。

「俺？　そうだなあ……。ユキが嫌がってることをいっぱいさせたいかな。ジェットコースターに乗せるとか、実家のインコを触らせるとか、占いに連れて行くとか……」

良太郎はホッケと大根おろしを混ぜ、何かを思い出したのか低く笑う。

「お前な……。昔は天使のように純真で可愛らしかったのに。どうしてそんなに悪魔のようになっちゃったんだろう」

ジェットコースターは大嫌いだし、小さな鳥は潰《つぶ》してしまいそうで怖くて触れない。占いなんてしてもらったら一生信じそうでいやだ。次から次へと弱点を暴露され、雪栄は思い切りしかめっ面をしてみせる。優等生の仮面がはがれ落ちた。

反対に良太郎は、そんな彼を大きな目でじっと見つめて嬉しそうだ。

「ほら。今もそうだ。……いつもと違う顔になる。俺、ユキの変な顔が好きだなあ。いつもの優しい顔でなくなるところが面白い。ユキが持ってるのは笑い顔だけじゃないんだって思うと、安心する」

「いつもヘラヘラしてるわけじゃない」

雪栄は二本目の缶ビールをグラスに開けて一口飲み、大根の皮のきんぴらを口に入れた。この辛みとうま味が、アルコールに合う。我ながら旨いつまみを作ったものだと、雪栄は自画自賛した。

「しかし、俺は思うのです。ユキのいろんな顔を知っているのは、俺だけなんだろうと。きっとユキは、大勢人がいるところではずいぶん気を使っているんだろうと、そう思うのですよ。ユキは、俺の前でだけ『素』に戻るでしょ？　ふふふ。俺はエスパーかも」

良太郎は、小説のワンフレーズを読むようにスラスラと呟き、味噌汁を啜《すす》った。

「バカなことを言う暇があったら、さっさと食って仕事をしろ」

お前がエスパーで、俺の心が読めたなら…………想像しただけで恐ろしい。胃が痛くなる。最悪だ。

雪栄は心の中でがっくりと落ち込むが、それを微塵《みじん》も見せずにクールに呟く。

「そうだね。好きなことをしてご飯を食べていけるなんて最高だ。でも、好きなことでご飯を食べるのは、もの凄く辛《つら》いことなんだということも知ってる」

「そうだな。……だから、愚痴ぐらいは聞いてやる」

雪栄はホッケの大きな骨を手際よく抜き取り、良太郎の小皿に身を盛ってやった。

「俺……だからユキのことが好きなんだ。両親を含め他の人間はさ、俺がちょっと辛いって零《こぼ》しても『好きなことで食べてるんだから我慢しろ』って言うんだよ。それ、違うんだよ。俺の呟きに対する返事になってないんだよ。でもユキは俺を理解してる」

良太郎は小さなため息をついて、揚げ豆腐の小鉢に箸を伸ばす。そして、とろりとしたあんごと揚げ豆腐を口に入れた彼は、すぐに表情が明るくなった。

「ユキっ！　ユキユキ！　この料理は、一週間に三回は食べたいっ！　凄く美味しいっ！　俺、こういうとろってしてて柔らかくて薄味のおかず、大好きっ！　ふおお～、愛してるぞユキ。ユキは俺の、最高のパートナーだ。ジュテームとか言ったら怒る？」

良太郎は瞳をきらきらと輝かせて、向かいで呆れ顔をしている雪栄を見た。

「好きにしろ。ただし、そういう台詞は二人だけのときにしてくれ」

「はい分かってます。だから今言う。ユキ……愛してる。最高の料理だ。俺のために作ってくれてありがとう。感動してます。ジュテーム」

良太郎は「今また、俺の心に愛が生まれた」と、気味の悪いことを呟きながら雪栄を見つめ、彼のしかめっ面を見てから食事に集中した。

素材は最高で、黙っていれば美青年。それもただの美青年ではない。白馬の王子様だ。

子供の頃に美少年ともてはやされても、成長したら間延びして「ただの人」になってしまう人間が少なくない中、良太郎は成人しても美形を保った。東堂家の男たちを見ていれば、彼の美形度が崩れることはないと分かっており、クラスメイトたちも、「東堂君はいつ見ても安心の美形」と意味不明の台詞で褒め称《たた》えた。

これだけ美形ならば、恋愛をするどころか身体的経験値も上がってしまいそうだが、傍にいた雪栄が、とにかく排除に力を入れた。

良太郎が好きだと自覚する前も「変な子に騙《だま》されるなよ」と、顔だけを目当てに近づいてきた女子たちから、良太郎を巧みに保護していたが、好きだと自覚してからは、排除の巧みさに磨《みが》きがかかり、時には姑息《こそく》かもしれないという手まで駆使した。

良太郎は「俺はユキと違ってモテないや」と、あっけらかんと笑う素直ないい子で、雪栄が暗躍していることは知らないし、疑問にも思わなかった。

ただ……良太郎がモテない本当の理由は、雪栄の暗躍ではなかった。

「今にも泣き出しそうな空って……こう……雲がウルウルッてなるんだと思う？」という、ポエムチックな台詞から始まり、「俺の部屋には妖精がいるんだ。そうでなかったら、俺の消しゴムがなくなるはずがない」と真面目に語ってクラスから孤立しそうになり、雪栄が取りはからってくれたお陰で「時々、思ってることを口にしちゃうみたい。キモくてごめん」とクラスメイトたちに謝って事なきを得て以来、良太郎には「不思議ちゃん」という肩書きがついた。

どんなに美形でも、帰り道の途中で「俺は今、ハードボイルドな気分」などと呟かれたら相手は泣きたくなる。違う意味で。だから良太郎は、嫌われ者にはならずにすんだが、まったくモテなかった。女子の間では「観賞用の美形」となった。

大学を卒業するまではそんな状態で、卒業してからは作家として生活している良太郎に出会いは皆無と言ってもいい。それを知っている雪栄は、「お前にもいつかいい人が現れるさ」と心の込もっていない、いや、込められるはずがない台詞を優しく呟き、慰《なぐさ》める。

「俺は別に、一生独身でもいいんだ。ユキが俺の世話をしてくれるなら……」

「まあ……お互い末っ子同士だから、跡継ぎ問題は関係ないけどな」

お前に告白できない俺にとって、それは夢のような生活だ。共に手を取り合って、二人で人生を歩む……。素晴らしい。

雪栄はビールを飲みながら、嬉しそうに目を細めた。

「その顔、猫みたいで可愛いな」

良太郎はホッケの尻尾《しっぽ》を箸で摑み、雪栄の前で揺らしてみせる。

「行儀が悪い」

「違う。そういう場合は……『行儀が悪いニャン』って言ってくれないと萌えない」

「俺が言っても気味が悪いだけだ」

「そうかなあ。カッコイイヤツが可愛いことを言ったりしたりするのって、似合うと思うけど……。ギャップがいいんだよギャップが。俺は今、ユキの頭に猫耳が見える」

そういうのは、お前の小説の中だけにしておけ。

雪栄は心の中でこっそり突っ込みを入れて、ほうれん草のおひたしに鰹節《かつおぶし》を振りかける。

「なああなあ、ユキ。一回だけでいいから」

好きな相手のためにできることはなんでもしてやりたい。だが。

雪栄は眉間《みけん》に皺《しわ》を寄せて、低く呻《うめ》いた。

「それを聞いたら、俺は今夜中に原稿が上がるはずだ。絶対だ。ユキ、俺を助けるためと思って……っ」

これはもう、先に惚《ほ》れた方の負けだな。

雪栄は小さなため息をつき、そして、しかめっ面のまま口を開いた。

「良太郎。ちゃんと仕事しないと俺が許さないにゃ」

気合い一発。今頃良太郎は、パソコンのモニターを見つめたまま、マシンガンを打つような音を立ててキーボードを打っていることだろう。

『原稿は、明日の朝一で読む』

たとえバーベキューに遅れてしまって肉を食べられなくても、良太郎の原稿を一番に読める喜びに比べたら大したことはない。

雪栄はそう思い、就寝した。

「総務部人事課」というタフな職場で、何が起きても怒らず冷静に対処することから「仏の山咲さん」という年寄り臭い渾名《あだな》を付けられている。入社して二年は総務部総務課の仕事をこなし、三年目で人事課異動の辞令が下りた。雪栄は人事課でもっとも若い社員となったが、やることは総務課の仕事とあまり変わらない。雑用や書類のファイリング、備品の発注、端末入力などだ。ただ、人事課では社内の軋轢《あつれき》折衝に身を費やすことがとても多い。自分では大して疲れていないと思っていても、週末には体は「勘弁してください」となるようで、ベッドに入って目を閉じると三秒も経たないうちに夢の住人となった。

しかし。

いつものようにぐっすり眠っていた雪栄は、何かの気配で目が覚めた。覚めたと言っても目を開けているわけではない。目を閉じたまま、その気配が近づいてくるのを感じていた。それと同時に、じっと見つめられているような気もして、掌《てのひら》に汗が滲《にじ》んだ。

待ってくれ。俺には霊感はないっ！　良太郎が修学旅行先で「人魂《ひとだま》が見える」とはしゃいでいたときも、俺には何も見えなかった。二十歳を過ぎて何も見えないなら、一生見えないってもんだと聞いたぞっ！

雪栄は心の中で怒鳴りながらも、今週は細かい作業で疲れていたから、きっと疲れが見せる幻覚だと冷静に考えることも忘れない。

だが、ぺたぺたと聞こえて来る足音は、幻聴ではなかった。

おまけにうめき声まで聞こえる。

ここは確かに古いマンションだが、入居して三年……幽霊騒ぎに遭遇したことなどない。つまりこれは……この視線は、冷静に考えたら良太郎のものだ。そうだそうに違いない。しかし一体何があった？　何も言わずに人の部屋に入ってくるなんて、違うことを期待するじゃないか。あり得ないと分かっていても、期待するじゃないかっ！

雪栄は心の中で大声を出しながらも。ゆっくりと寝返りを打った。

やはり、良太郎がぼんやりと立っている。

「寝ぼけたのか？　おい」

「寝ぼけたんじゃなくて……」

良太郎は両手に何かを持っていた。紙の束だ。

「もしかして」

「うん。たった今……いや、ついさっき……原稿が終わりました」

「そうか」

雪栄は、今にも眠りに落ちそうな良太郎から原稿を受け取る。プリントアウトしたばかりの原稿は、温かく波打っていた。

「できたら……読んでほしくて」

原稿用紙を渡せたという安堵感からか、良太郎はそのままベッドにダイブする。

「おい、寝るなら自分の部屋へ戻れ」

一緒に寝たら俺が我慢出来ません。

雪栄は嬉しいけど悲しいことをそっと思いつつも、律儀に彼の体に布団をかけてやった。

「眠くて動けない」

「じゃあ寝てろ。俺は原稿を読む」

雪栄はベッドサイドの間接灯のスイッチを入れ、原稿用紙を照らす。

「ユキ」

「なんだよ」

「眩《まぶ》しくて眠れない」

「は？」

俺に読んでもらうために、プリントアウトした原稿を持ってきたんだろ？　おい。明かりを消したら読めないって。なんだよお前はもう。甘えんぼさんめ。

雪栄は、「じゃあリビングへ行く」と言って立ち上がろうとしたが、良太郎に腰を掴まれて元の位置に戻る。

「ユキは、俺の傍にいなさい。眠気覚ましに見てたウェブサイトの内容を思い出した。凄く怖い。このまま一人で寝たら、絶対に夢に出る」

良太郎は体を起こし、「夢は楽しい方がいい」と呟いて雪栄の肩に顔を押しつけた。

「夢の中までは、俺も面倒見られないな」

「だから……一緒に寝て……」

「小学生までだぞ、それが許されるのは」

「俺、今……いっちゅです」

「二十と五つだ」

「頼む……本当に……夢に出てきそうで怖いんだ」

「原稿は読まなくていいのか？」

「朝。バーベキューに行く前に読んで。絶対に読んで」

強い口調で言ったきり、良太郎は再びベッドに突っ伏した。

雪栄は、どうしたものかとしばらく思案に暮れていたが、良太郎を無視して放っておくとあとが大変なので、彼の言う通り原稿は朝一で読むことにした。

原稿をサイドボードに載せ、明かりを消す。

愛《いと》しい男の原稿を一番で読めるのは嬉しいが、こんな風に抱き締められて「一緒に寝てくれ」と言われたら、原稿よりもこっちを選ぶ。

雪栄は、良太郎を好きだと自覚した段階で、愛してる＝セックスという式は成り立たなくなった。彼にとって、愛してるは「我慢」「忍耐」と同義語なのだ。

雪栄には自分から良太郎にベタベタ触りに行こうという気持ちはなかった。好きだったら触れたいという気持ちはある。だが、触りすぎて嫌われたらどうしようという不安が、彼の行動にブレーキをかけた。かけまくった。

良太郎は人なつこくて、誰にでも親しげに触れる。触れて、密着して話をする。周りの友人たちも、優等生の雪栄には簡単に触れることを躊躇《ためら》うのか、その代わりのように良太郎にベタベタと気安く触った。

実際はそんなにベタベタしていなかったかもしれない。だが恋愛フィルターのかかった雪栄には、そう見えたのだ。嫉妬しても仕方ないのに嫉妬した。何度も。

あの頃に比べたら、雪栄にとって今は天国だ。

大事な良太郎と二人で暮らし、邪魔者は入ってこない。

ずいぶん心は満たされた。激しい独占欲も、雪栄の心の底に沈んだまま現れない。

しかし。気持ちだけではどうしようもないこともあるわけで。健康な成人男性ならなおさら、我慢と忍耐でやり過ごすには辛すぎる夜がやってくる。

「良太郎の馬鹿《ばか》……」

俺はお前に告白できないばかりに、一人であれこれするハメに陥っているんだぞ？　これだけ長い間一緒に暮らしていて、俺の気持ちがまったく分からないとはどういうことだ？　それとも俺を試しているのか？　好き勝手に……抱きつきやがって……。

雪栄は、心の中で逆ギレするのに慣れてしまった。

良太郎は悪くない。まったく悪くない。勝手な思惑で彼の傍にいる自分が悪いのだ。

この気持ちを知って欲しいけれど、知られたくない。

そう思いながら雪栄は、仰向《あおむ》けで寝転んだ。

すると、自分の腰に手を回してしがみついて眠っている良太郎を左手で腕枕《うでまくら》してやるよ

うな形になる。
腕枕は、良太郎に今までなんどもしてやった。彼にされたこともある。
ずいぶんと慣れたものだが、今夜は少し違っていた。
良太郎はもぞもぞと位置を変えて俯《うつぶ》せになると、雪栄の首筋に顔を埋めたのだ。
雪栄は焦る。
ちょっと待て。この恰好は……まるで俺がお前に押し倒されているようじゃないか。
雪栄の体半分に良太郎の体が覆い被《かぶ》さっている。寝息が首筋に当たる。
「勘弁……してくれ」
まったくお前は無邪気で困る。
雪栄は暗い天井を見上げて小さなため息をついた。

天気予報では、今日は終日晴天のはずだった。
なのに、この土砂降りは如何なものか。
雪栄は濃いめのコーヒーを飲んで目を覚まし、携帯電話が受信した「バーベキュー中止ごめんね」メールを読んだ。

バーベキューが中止になったのは残念だが、これでゆっくり良太郎の小説を読むことができる。雪栄は「それはそれで有意義な休日だ」と頷き、まずは朝食の用意をしようとキッチンに向かった。

テレビのニュースによると、雨は今日一日降り続くらしい。

この雨の中、買い物には絶対に行きたくないと、雪栄は冷蔵庫と冷凍庫、食料棚を点検して今日一日の献立を練る。

冷凍庫に鶏とブタの挽肉が入っていたので、夜はそれを解凍して「肉肉」うるさい良太郎のためにハンバーグを作ることにきめた。朝昼兼用の食事は、そば粉と薄力粉を使ってパンケーキを焼けばいい。ホットプレートを使えば、一気に何枚も焼ける。添えるのは、パプリカと茸《きのこ》のソテー。そして、ボイルソーセージとマッシュポテト。マッシュポテトはインスタントだが、バターや生クリームを少し加えるだけでずいぶんと味がよくなる。

雪栄は、キッチンカウンターに置いてあるイチゴ型の時計に視線を移した。

現在、午前八時三十分。

「よし。三十分後に食事だ」

雪栄は元気よく独り言を呟くと、ジャージの上にエプロンを着けた。

男は凝り性とはよく言ったものだ。

何冊かの料理の本と母親のレクチャーで、雪栄の料理の腕は店が持てるほどに上がっている。特に師事した母親には「お前、調理師免許を取っておいた方がいい」と強く勧められたが、雪栄は良太郎のためだけに料理を学んでいたので、まったくその気はなかった。

家事も同じだ。洗濯物を広げて干すなど初めて知った。雪栄はてっきり、乾いたあとに母親がいつもアイロンをかけていると思っていたのだ。それを母に言ったら「お前はほんと、お父さんと同じことを言うのね」と笑われた。掃除機や洗濯機の使い方は分かっても、そのあとの「処置」は、習わなければ分からない。

母に習いまくったお陰で今の雪栄がある。ついでに雪栄は、手の抜きどころも習っておいた。

「よし。旨い」

雪栄はコンソメスープの味見をして、小さく頷く。

コンソメキューブのうま味と塩味、みじん切りにして炒《いた》めたタマネギの甘さがマッチしている。ソーセージのゆで汁からもいい味が出ていた。あとは、食べる直前にほんの少し、白の粗挽きコショウをかければ完璧だ。

大量のパンケーキは、保温にして蓋《ふた》を閉めたホットプレートの中で、しっとりと温まっている。ブログ用の写真もしっかり撮った。

雪栄はぐっと伸びをして、良太郎を起こしに自分の部屋に向かった。

良太郎は、雪栄のベッドの真ん中を陣取っていた。

背中を丸め、両手を股《また》の間に挟んで眠っている。掛け布団は申し訳程度に足下を覆っていた。

寒いけど眠いから、そのまま寝てます……という恰好だ。

雪栄は、好きな男の寝姿にときめくどころか苦笑を浮かべる。

「良太郎。食事の用意ができたぞ」

「んー」

良太郎は両腕を股の間から出し、ぐっと伸びをした。だが起きない。

「もう少し寝ているか?」

「ユキに……行ってらっしゃい、する」

「大雨だからどこにも行かない。バーベキューは中止になった」

　すると良太郎の目がすぐに開く。

「じゃあ、週末はずっと一緒か。よしっ！　俺的に、このネタはありかどうか、いろいろ聞きたいことがあるんだ。全部聞いて貰うぞ。週末は、お前をは・な・さ・な・い」

　良太郎はベッドに寝転んだまま、タコイカのように手足をくねらせて喜びを表現した。

「そういう……残念な美形振りをアピールするなよ。情けない」

「でもユキは、俺の情けないところを見ても嫌いになったりしないだろ？」

　良太郎はごろりと仰向けになり、雪栄を見上げて自信たっぷりに笑う。

「今更だ、今更。さっさと起きて顔を洗え。メシの用意はできてる」

「あー……俺はユキがいないと生きていけない。息もできない」

　良太郎は嬉しそうに嘆くと、雪栄のベッドから体を起こした。

「ふん。俺がそういう風にお前を調教したんだ」

　雪栄は腰に手を当てて偉そうに言い返す。

「餌付《えづ》け？」

「そうだ」

「では俺は、喜んで調教されます。夕べは頭を使ったから腹減った。……あれ？　この部屋は俺の部屋か？　やけに綺麗《きれい》だ。掃除の妖精さんが来たか？」

「俺の部屋だ。お前は昨日の夜中に完成原稿を持って俺の部屋に来て、勝手に俺のベッドで寝た」

「そっか。……どおりで、ユキに延々と文句を言われる夢を見たハズだ。匂《にお》いが違うからだ。でもなんで、俺はユキに怒られてたんだろう」

良太郎は腕を組んで雪栄を見つめると、首を傾げて「なんで？」と尋ねる。

「お前の夢の中まで俺は管理できない。ほら、早く顔を洗ってこい」

「うぃーっす」

雪栄は良太郎の尻《しり》を叩いて、彼を部屋から追い出した。

そして、ベッドシーツと枕カバー、タオルケットをベッドから剝《は》いで両手で摑む。

会社勤めゆえ毎日とはいかないが、雪栄は数日おきにカバーとシーツを洗っていた。

すべては、良太郎を清潔に保ちたいという彼の願いからだ。

雪栄はたまに、「まるで俺は母親だ」と思う。だがそれならそれで、良太郎はマザコンならぬユキコンになればいいと願った。

「……どうしてここで、半熟卵の目玉焼きが出る……っ！」

そば粉入りのパンケーキとパプリカと茸のソテーを頰張っていた良太郎は、雪栄が出来たての目玉焼きを二つ持ってきたのに驚いて大声を出した。

「いや、だって……半熟の目玉焼きは出来たてで食べたいじゃないか」

「俺は思っていただけなのに。心を読まれてしまった」

本当にな、読めるもんなら読んでみたいよ。俺は。

雪栄は心の中でこっそり突っ込みを入れ、「朝っぱらから電波を飛ばすな」と笑い、湯気の立っている目玉焼きの皿を小さなテーブルの真ん中に置いた。

「で、俺の小説は読んだ？」

「いや。これを食べたらゆっくり読もうと思ってる」

「そうか。……今回の話、読者の反応がよければ続き物になるんだ」

「売り上げがよければ続き物か……。まあそうだよな」

雪栄はパンケーキを両手で千切り、プルプルの半熟卵の黄身を浸しながら呟く。

「ストレートに言うな。悲しい」

「不景気だから仕方がないだろ。うちの会社も、早期退職の勧告書類を用意するんで、上司が毎日ため息をついてる」

「うちのオヤジ……大丈夫だろうか。いきなりリストラになったらどうしよう」

良太郎はそう言って、両手でコンソメスープの入ったカフェオレボウルを掴む。

「お前のオヤジさんは建築士じゃないか。リストラはないだろ。むしろ、引っ越さない人たちのためのリフォームの設計で忙しいんじゃないか？　リノベーションだっけ？　危ないのは俺んち。あと二年で定年退職だから、それまで穏やかに会社勤めしてくれと思う」

雪栄はため息をつき、茹《ゆ》でたソーセージに粒マスタードを付けて囓った。

「おじさんが定年退職したあとの方が忙しくなりそうだな、ユキのところは。いや……うちの両親も元気すぎて困るけど」

「母さんと二人で、まずはのんびり船旅で世界一周するとか言ってる」

「はは。俺たちもまた行きたいな、海外旅行。高校の時の卒業旅行が沖縄《おきなわ》だったたろ？　大学の卒業旅行がハワイ。今度は……ヨーロッパとかオーストラリアとか……」

「良太郎のスケジュールによる。海外旅行のドタキャンは最悪だ」

「う……」

良太郎は視線を泳がせて、カフェオレボウルをテーブルに置く。

彼は、雪栄が海外旅行の予定を立てるたびに「その日はだめだと思う」「あ、この日は多分ダメ」と言って、日付を決められたためしがない。

「ユキが俺に合わせてくれれば……」

「平日に何日も有休が取れるか」

雪栄は言い返して、パンケーキとマッシュポテトを口に押しこんだ。

「そうか。俺がヨーロッパを舞台にした話を書くなら、取材旅行という名目が」

「自腹で取材旅行だろ？」

「費用は確定申告に載せられるからいいのっ！　ユキは黙って食べてろっ！」

唇を尖らせて怒る良太郎の前で、雪栄は肩を震わせて笑いを堪《こら》えた。


ゆったりとした空間で、朝昼兼用の食事をのんびりと終えた雪栄は、良太郎がソファに寝転がってゲームをし始めるのを横目にキッチンの後片付けと掃除を始めた。

掃除の途中で脱衣所に行き、二人分のシーツやカバーを乾燥機に放り込む。

ついでに脱衣所の掃除も終わらせ、キッチンに戻ってきて今度は床掃除。そのままリビングの床にも掃除機をかけた。

「良太郎、掃除機の音がうるさかったら、ヘッドホンをかけてゲームをしろ」

「あのさ……」

良太郎はゲームを一時停止し、神妙《しんみょう》な顔で雪栄を見た。

「なんだ」

「普通……ここで『お前も手伝え』って言葉が出てこないか？」

雪栄はきょとんとした顔で良太郎を見つめ返す。

そんなこと、思ってもみなかった。

良太郎に家事が出来るとは思ってもいないし実際出来ないし、彼のために奉仕することは苦にならない。むしろ喜びだ。

不意を突かれた雪栄は、適当な返事が口から出ずに低い呻き声を上げる。

「こうして二人で暮らし始めて今年で三年。さすがの俺も、何もしないわけにはいかなくなってきた」

「は？」

「ゴミ出しぐらいは俺が……」

「燃えるゴミは水曜と土曜。朝の八時までに、一階のゴミ置き場に置くんだが」

すると良太郎は残念そうな顔で「あ、ごめん。無理だ」と呟く。

「良太郎は良太郎で、資源ゴミの梱包《こんぽう》をしてくれてるじゃないか。それでいい」

「だって……しないでおくと部屋が雑誌で埋まる。本は好きだけど雑誌はあまり好きじゃないんだ」

「分かってる。……じゃあ、俺は掃除に戻っていいか？　これを終えたら、お前の原稿を読む予定なんだ」

「わかった。ただし、俺は俺で、もう少し自分が出来ることを考えてみる」

お前は仕事だけしていろ。

雪栄は心の中でそっと呟き、再び掃除機をかけ始めた。


ようやく家事が終わって一段落。

雪栄は自分の部屋からリビングへと、良太郎の原稿を移動させた。

そして、頼まれなくても二人分のコーヒーを淹《い》れ、一つを、ゲームに夢中になっていた良太郎に渡す。

「さんきゅ」

良太郎はゲームを一時停止して、ミルクも砂糖も入っていない濃いコーヒーを旨そうに飲んだ。

「外見は可愛いのに、そんな苦いものを……」

雪栄のコーヒーは、温めた牛乳を入れすぎてコーヒー牛乳になっていた。

「菓子は甘いんだからコーヒーは苦い方がいい。……そういえばユキ、大通りの商店街に新しいケーキ屋がオープンしたの知ってる？」

良太郎に顔を覗《のぞ》き込まれたまま、雪栄は首を左右に振った。

「商店街は駅の反対側だろ？　俺が通り抜けるのは南口。商店街は北口」

「母さんと義姉さんが、俺に『死ぬほど美味しい。今度買ってみなさいよ。懐かしい人がいるわよ！』って携帯メールを送ってきた。懐かしい人って……誰だと思う？」

「さあ。おばさんたちの会話はうるさくてよく分からない……が、気にはなるな。明日晴れたら買いに行って、その『懐かしい人』ってのを確かめてくる」

「でも残念ながら土日は休みらしい」

「オフィス街の定食屋みたいだな。……じゃあ、月曜日に買っておく」

「それぐらいは俺がするって。ついでに買い物もする。だから、欲しいものをメモしておいてくれ。な？　何もかもをユキにさせられないよ」

俺の仕事を奪うな。

雪栄はにっこり笑って「俺がやるからいい」と言った。

「俺が何も出来ないままじゃ、ユキに何かあったときにどうするんだよ。看病も出来ない親友なんて、情けないじゃないか」

「気持ちだけで十分だ。もしもの時は、お前は実家に戻っていろ。病気が移ったら大変だ」

「ユキは、俺に看病させない気か？」

「はは」

だから本当に、気持ちだけで充分なんだよ。俺がお前の傍に居続けるための理由を奪わないでくれ。

雪栄は心の中でそっと願いながら、小さな声で笑う。

「これからお前の小説を読むんだから、邪魔するなよ」

「……わかった」

「ところで」

雪栄は膝の上に原稿を乗せて、じっと良太郎を見た。

「この原稿のデータは、もちろんもう担当に送ってるんだよな？」

良太郎は雪栄の顔を見つめたまま何かを思い出し、突然「あ」と声を上げて自分の部屋に走る。

「これだから。俺がいてやらないと」

雪栄は嬉しそうに独り言を呟く。

良太郎は今まで何度も、仕事が終わった達成感で頭がいっぱいになり、原稿のデータ送信を忘れていた。

雪栄が指摘しなければ、編集からの電話催促があるまで放っておいただろう。

「お前には俺が必要なんだ」

そして俺にはお前が必要だ。このまま……ずっと一緒に暮らせるために、俺はどこまでも頑張るぞ。希望としては、死が二人を分かつまで。

雪栄は、自分が良太郎の葬式で号泣しているところを想像して、思わず鼻の奥をつんとさせた。

「だ、だめだめだ。不幸の想像泣きは、悪いことが起きると何かの本に書いてあった」

気を取り直して、原稿を読ませていただこう。

雪栄は良太郎の最新作にようやく目を通した。

良太郎の原稿を読み終えた雪栄は、背中に嫌な汗が流れるのを感じた。

いつも通りに大変面白かったのだが、気になる点がいくつかあったのだ。

さて、どう感想を言おう。

ちくちくとした良太郎の視線を感じながら、雪栄は唇を引き締めた。

「なあ、どうだった？」

「面白かった。恋愛メインの話なんて……珍しいんじゃないか？」

「ああ。でもちゃんと、いつもの俺の話になってるだろ？」

「なってる。お茶の間ＳＦというか、不思議日常というか……。で、主人公の家に居候する女の子なんだが……もしかして……」

主人公の幼なじみにして、近所の神社で巫女のアルバイトをしている、しっかり者の女子高校生。家の事情で同居することになるのだが、彼女には不思議な秘密があって……という、安心のお約束的展開で話が進む。一話完結の物語だが、続きを読みたいという気持ちにさせる内容だ。

だが雪栄は、この巫女女子高生のモデルがどうみても自分にしか見えなかった。

自分が良太郎の世話をするように、作中の巫女女子高生は主人公を世話して、そして恋までしていた。

　自分と同じ性格や言動で、自分が絶対にできないことをやってしまう二次元の女子高生に、雪栄は奇妙な嫉妬を覚えた。

「巫女女子高生が幼なじみって、憧れるだろ。最高だろ。しかもその子が、自分を好きになってくれるなんて最高だ」

「あ、ああ……。それだけか？」

「俺には彼女はいないがユキがいる。だから、ユキが俺を世話してくれる感じで書いてみました。そうですユキがモデルです。巫女ユキ。ユキは巫女姿も似合う。惚れ直した」

やっぱりかっ！　ちくしょうっ！　この巫女女子高生は、お前とキスまでしてるんだぞっ！　俺なんか、一生かかったって出来ないことをっ！

　雪栄は主人公を良太郎に置き換え、心の中で嫉妬の炎を燃やす。

　だが外見は冷静に「なるほど、そういうわけか」と微笑みながら頷いた。

「ちょっとあからさまだった？」

「あー……うん、まあな。この主人公があまりにもお前だったから、余計」

「主人公のモデルは俺だもん。自分がこんな恋愛をしたいっていう妄想が、たっぷりと詰まってます。男同士でも結婚できるなら、俺は今すぐユキに結婚を申し込むのに。本当に残念だ。心から残念だ。だから俺は、事実婚でもいいと思ってる。ふふふ」

良太郎のいつもの口調が、今日に限って無性に腹が立つのはどうしてだろう。彼が初めて書いた恋愛メインの小説を読んだからか。それとも……。

雪栄は、延々と妄想の恋愛を語る良太郎を前に、呆れ顔で笑うしかなかった。

俺が、お前以外の男を好きになれたらよかったのに。普通のゲイならよかった。そしたらお前を諦《あきら》めて、違う男と恋が出来たかもしれないのに。どうして俺は、こんなにもお前一途なんだろう。

雪栄は自分の潔癖さに呆れた。

良太郎以外の誰にも、触りたくも触られたくもないのだ。

実は試しに一度だけ、そういう人間が集まるバーに行ったことがあるが、多大な違和感を感じてすぐにきびすを返した。雪栄は、あそこは自分の思っていた世界と違うと感じた。

「なあユキ。……怒ったのか？」

「……え？」

「面白い以外、何も言ってくれないんだけど」

良太郎は眉間に皺を寄せ、不安そうな顔で雪栄に近づく。

「あ、ああ……お疲れ様でした」

「編集かよ。そんな事務的な言い方されると寂しい」

「面白かった。特に、巫女女子高生が主人公に告白するところが、ぐっと来た。主人公のヘタレ具合は、大変リアルでした」

するとと良太郎は目を細めて、何度も頷いた。

「俺、告白シーンに命を賭《か》けました、命を。大事なことなので二度言ってみた」

「俺だって……ここまで言われたことはないぞ。良太郎が羨《うらや》ましいな」

「モデルは俺だけど、主人公とは切り離して考えてください」

「左様ですか」

「日本中の、彼女いない歴約十年の男に捧《ささ》げた愛の歌だ」

なんだよ、その「約十年」って。

雪栄は「はは」と小さく笑い、「良太郎に彼女がいたっけ?」とちょっと意地悪く尋ねてみた。

すると彼は、暢気《のんき》に「いたよ」と答える。

雪栄の頭の中が真っ白になった。

こんなに傍にいたのに、良太郎に彼女がいたことを知らなかったなんて。そして、良太郎はそのことを幼なじみにして親友である自分に黙っていたなんて。

何もかもがショックだ。約十年？　四捨五入か？　それとも……。

「だ、誰……？　俺が知ってる女子？」

雪栄は「きーっ！　どこの誰なのよーっ！」と怒鳴りたいのを必死に堪え、強ばった笑みを浮かべて良太郎に尋ねる。

「ユキが知ってたかどうかは知らない。三年のときの……隣のクラスにいた女子で……冬休み前に転校していったきり……」

「あ」

隣のクラスの女子は知らないが、高校三年生の冬休み直前のことならよく覚えている。受験の、志望校最終確認の二者面談のあと、良太郎は今にも泣きそうな顔で進路指導室から出てきたのだ。それまでは「良太郎は不思議なことを言うが、勉強は出来るから」と太鼓判を押されていたことを知っていた雪栄は、何を言われたのかと良太郎に詰め寄ったが、良太郎は頑として言わなかった。

「お前は本当に……頑固だから。あのときは本当に、俺はお前と同じ大学に進学できないかと思ったぞ」

「今頃で申し訳ないが謝る。すまん。……初エッチの相手が、何も言わずにいきなり転校して、『東堂君の存在に癒《いや》されましたと伝えてください』と、担任から言われたんだ。そりゃあ、泣きたくもなる」

なんだと？　お前……高校生のうちに済ませていたのか？　俺なんか、大学に入ってからだって言うのにっ！

雪栄は、少しズレたところで驚いた。

「あのとき……ユキと鉢合わせするまではいつもの顔でいられたのに、ユキの顔を見た途端、急に泣きたくなった。家の事情で引っ越しだって。いきなりだ。いろいろ察しはつくよな。……そうでなかったら、好きだと告白されてすぐにエッチなんて……あり得ない」

頼むから、そうやって衝撃の事実を小出しにしないでくれ。俺が泣きそうだ。

雪栄は心の中でそっと突っ込みを入れる。

「……あの一件で、女子という生き物が本当にわからなくなりましたね。やっぱり俺は、ずっと傍にいてくれるユキがいい。ユキのことなら分かってる。恋人はユキでいい」

「はは。そのうち、誰かいい人が見つかるって。欲しいって思ってるよりも、そんなことを考えてないときの方が出会いってあるもんだ」

「経験者は語る、ですか？」

「そういうわけじゃないが……。そうか。良太郎は童貞じゃなかったのか。よかったよかった。俺はちょっと心配していた」

雪栄は心にもないことを言って話を変えた。

「なんだよそれ。俺を、童貞の妄想小説書きだと思っていたのかっ？」

良太郎はソファからずり落ちて床に尻をつくと、「ユキが男にモテまくるホモ話を妄想してやる」と気持ちの悪い反撃をする。

「なんだそれ。マジで気持ち悪いからやめろ。そして言っておくが、お前は気持ち悪くはないぞ。黙っていればとっても綺麗。美形っていうんだろ？　そういうの」

「そうらしいですね」

「モテなくても、俺が傍にいてやるからそれでいいじゃないか」

雪栄は乱暴に言うと、良太郎の頭をガシガシと撫《な》で回した。

「そうやって照れ隠しをするユキは、凄く可愛い」

「はあ？」

「ツンデレというヤツだ。俺は好き。凄く好き」

「意味が分からない。なんだよそれ」

「では教えてあげましょう。ツンデレとは……」

良太郎が偉そうに説明を始めたと同時に、電話が大きな着信音を響かせた。

「……はい。遅くなってすみません。……はい、良太郎は元気です。俺が好き嫌いは許してませんから。ええ、風呂にも入れてます。来週には、二人で顔を見せに行きますよ。そんなに心配しなくて大丈夫です。ええ、良太郎には俺がついていますから。はい……はい。では、季節の変わり目ですからおばさんも風邪をひかないように。はい、失礼します」

ここに引っ越す際、「携帯電話だけではいけません」と双方の両親に固定電話を強引に引かれたが、それは家族間のやりとり……主に子供と母親のやりとりに使われている。

雪栄は、良太郎の母親からかかってきた電話に愛想よく答えて電話を切ると、ため息をついた。

「俺の母親は心配性過ぎる。なぜ俺の話ではなくユキの話を聞いて安心するんだ？　というか、二十五歳にもなった息子に、やたらと電話をかけてくるな。子離れしろ」

「子離れはしているだろう。おばさんは、早く良太郎の彼女が見たいわとか、結婚してくれないかしらとか、ユキちゃん誰かいい人いない？　とか、そういう事ばかりを俺に聞く」

「俺の相手はユキでいいって、いつも言ってるのに」

「それじゃ、おばさんは納得しないだろ」

「でも俺は、ユキの裸エプロンが見てみたいなーって。えへへ」

俺は、自分のを見るより、お前の裸エプロンが見たいです。

雪栄はこっそり思いを呟いて、冷静に「脱毛しないとな」と言って良太郎を笑わせた。


一緒に暮らして三年だと、良太郎は言った。

雪栄は、そんなことはとうに知っている。同居初日に一人で新婚気分を味わっていたのも、今となってはいい思い出だ。

今頃になって「俺にも何か役割をくれ」と言ってきたのは、どういうことだろう。

ネットかテレビの情報で、夫婦か恋人同士の「一緒に暮らして三年目に訪れる危機」という記事でも読んだのだろうか。……充分あり得る。

雪栄は苦笑を浮かべて、籐でできた洗濯籠《かご》の中から良太郎が脱いだ洋服や下着を取り出し、洗濯機に突っ込んだ。

夕食のハンバーグを一人で三つも食べた良太郎が、食後すぐに風呂に入って具合が悪くなったりしないだろうかと、雪栄は心配しつつ声をかける。

「ちゃんと体を洗えよ？」

浴室の扉にうっすらと見える人影に向かい、「熱い湯に入るのはやめろよ」と付け足した。すると人影は「わかった」と合図をするように手を振った。

「三年……か。一度ぐらい、一緒に風呂に入っても……」

最後に良太郎と一緒に風呂に入ったのは、高校の修学旅行のときだ。時間に押されて「早く入れ」と教師たちに尻を叩かれて入ったので、相手の裸を観察する暇もなかった。

……意外とないもんだな。良太郎の裸はもっと見てると思ってたけど……。

夏場の風呂上がり、下着一枚でウロウロしている良太郎の姿を見ているから、全裸も見ていると勘違いしたのだろう。

「しかし、さすがに……今更だ。いきなり入っていったら、鈍い良太郎だって不審に思う。

……はいはい了解。いつものように思うだけにしておきます」

不都合が起きて、良太郎と一緒に暮らせなくなることが一番怖い。この生活を守るためなら、自分の好奇心と欲望は極力抑えようと、雪栄は改めて思った。

なのに。なのに雪栄の気持ちをまったく知らない良太郎は。

「なあ、ユキ。ごめん……背中流して。俺……ブラシの柄を折った」

体に泡をつけた良太郎が、浴室のガラス戸を開けて雪栄を手招いた。

だから俺は、自分がしたくてこういうことをしてるんじゃなく、良太郎に頼まれたから、仕方なくやっているんだからなっ！

雪栄は自分の本能にそう言い聞かせ、全裸で浴室に入った。

彼が「どうせだから、一緒に入ろう。ここの風呂は広いしさ」という良太郎のお願いを無碍《むげ》にするわけがない。

「なんでボディブラシの柄を折るかね」

「変なところに力が入ったみたい」

「ほほう。……さて、と。しっかり洗ってやるから、痛かったら言ってくれ」

雪栄は、意外と広い良太郎の背中を見つめ、泡だらけのナイロンタオルを右手に摑んだ。

そして、丁寧に擦《こす》っていく。

「あー……他人にしてもらうって気持ち良くていいな」

「風呂上がりにマッサージもしてやろうか？　俺は結構上手いらしい」

「何それ。誰かにマッサージしたことあるのか？　それとも、誰かの背中をこうやって洗ってやったことがあったりとか？」

良太郎は笑いながら言ったが、どことなくいつもより棘《とげ》があるように聞こえ、雪栄は首を傾げた。

「会社でな、ふざけて同僚の肩を揉《も》んでやったら、凄く喜ばれてしまった。そうしたら上司まで来てな。みんな気持ちよくなってくれたからいいやと。俺の昼休みは半分ほど潰れてしまったが」

雪栄は笑って話すが、良太郎は「肩もみ上手いっての、俺には今まで内緒にしてた」と声を沈ませる。

なんだこいつ。お前の童貞喪失話の方が衝撃的だったぞっ！　俺の肩もみと天秤《てんびん》に乗せたら、どっちが重いか分かるだろうがっ！　なんでそこで、お前が落ち込むんだよっ！

この馬鹿良太郎っ！

雪栄は「てい」と声を上げて良太郎の後頭部を拳《こぶし》で軽く殴った。

「いたっ。俺の脳細胞が、今の衝撃で死んだっ！」

「くだらないことを考える部分のようだったから、死んで幸いだ」

「DV親友。DV親友だ。殴られるのに離れられない……あなたの拳を愛してる」

「気持ち悪いことを言うな」

「愛の証《あかし》が痣《あざ》の数」

「洒落《しゃれ》にならないだろ。黙りなさい。……はい、背中は洗い終わりました」

雪栄は良太郎の背中を軽く叩き、シャワーヘッドに手を伸ばして湯を出した。

「うー……気持ちいいっ！　俺ばっかり気持ちよくなったら申し訳ないから、次は雪栄の体を洗ってやる。前と後ろ、どっちがいい？　ん？　両方か？　了解っ！」

にやにや笑って雪栄の手からナイロンタオルを取ろうとする良太郎に、雪栄は「お前はどこのオヤジだ」と突っ込みを入れる。

だが雪栄の顔も笑っていた。

「じゃあ、背中をお願いする。自分の手の届かないところを洗ってもらうのはいいものだ」

本当は前後両方洗ってくれと言いたいが、それは無理だろ。はい分かってます。俺が我慢出来ません。

雪栄は心の中で切なく思った。

「そういえば……」

良太郎が雪栄の背中を洗いながら呟く。

「んー？　どうした？」

「俺たち……こうやって互いの背中を洗ってやるの、初めてだな」

良太郎の照れくさそうな声と、肌に触れる彼の指先に、雪栄の下肢が過敏に反応した。

なんて可愛いことを言うんだ？　こんな無防備な状態で言われたら、俺じゃなくても辛抱できないだろうっ！　良太郎めっ！

雪栄は、良太郎に気づかれないようにタオルを股間《こかん》にさり気なく置いた。

中心の盛り上がりが不自然に見えないよう、最新の注意を払ってタオルの造形を調える。

これなら、最悪の状態でもどうにか対応できるだろう。

「子供のころは一緒に風呂に入ったりしたのになあ」

しみじみ呟く良太郎に、雪栄は小さく頷く。

「あー……、あの頃は、その場にいる子供全員、東堂家か山咲家の風呂に一緒に入ってた。大家族の気分だったな」

「ユキ……俺たちいつ頃から、一緒に風呂に入らなくなったんだろう」

「中学……入るか入らないか……それぐらいだったかな？　子供は成長すると、自分で過ごす時間が欲しくなるってことだ」

「ふうん……。俺はユキと一緒にいるのは好きなんだけど」

だからもうっ！　二人とも全裸のシチュエーションで、そういうことを言うなっ！　押し倒されたいのか？　それとも俺を押し倒してくれるのか？　どっちなんだよ……って、アレ？　俺は……どうしたいんだろう。

良太郎を好きになって七年あまり。雪栄は、今初めてベッドの中の役割分担を考えた。好きだという気持ちだけで今まで生きてきたので、自慰をするときの想像も相互オナニーだった。想像の中では、お互いベタベタと触り合って、それで満足していた。具体的なことには触れなくても、充分だったのだ。夕べの自慰もそうだ。

だが雪栄は今、ちょっとだけ想像してしまった。それも二パターン。

自分が良太郎を押し倒して積極的に行動を起こしているところと、自分が押し倒されて翻弄《ほんろう》されているところを。

「う、うわあ……」

恥ずかしすぎて、思わず口から妙な声が漏《も》れる。

「え？　何？　ユキ。くすぐったかった？」

「ち、違う……。なんでも……ないって」

カッと顔が赤くなるのが自分でも分かった。こんな顔は、良太郎には見られたくない。

雪栄は顔を逸《そ》らして「気にするな」と言った。

「そう言われると……余計気になる。もしかして……俺じゃなく別の人間に体を洗ってもらってるところを想像したとか。ちょっとそれは俺に対して失礼ではないですか」

良太郎の声は怒っていた。

「お前な」

「俺といるときは、ちゃんと俺のことを考えてろって。せっかく話しかけても上の空じゃ、つまんないじゃないか」

「それ……女の子の我《わ》が儘《まま》と一緒だぞ」

「大丈夫。どこからどう見ても男だから」

そう言って良太郎は、雪栄の背に平らな胸をぺたりと押しつけた。

「な、な……っ！」

「ユキの背中って、ほくろ一つなくて綺麗でいいな。艶々《つやつや》してて、マンガに出てくる美形の奴隷っぽい。でも俺のもの」

「その例え方は勘弁してくれ。そして、ベタベタするのもやめろ。もしここに誰かが来たら、言い訳のしようがないぞ」

嬉しいけど困ってしまうという二律背反の気持ちが渦巻く中、雪栄は理性を総動員してもがいた。

「誰か来るって？　誰も来ないと思うんだけど」

「過剰なスキンシップ以外の冗談は、分かってるつもりだから、とにかく離れろ」

本当にお願いします。このままじゃ、情けない状態でイッちゃいそうなんで……っ！

雪栄は思わず涙目で、首を左右に振る。

「すぐに離れろって……なんか寂しいな。ユキをモデルにした二次元キャラは、もっと優しいのに」

「この馬鹿。余計なことをしている暇があったら、さっさと俺の背中を洗えっ！」

お前は俺をガッカリさせるのも上手いな。自作のキャラと俺を一緒にするなよ。頼むから。これでもし、俺が二次元キャラと同じ反応をしたらどうするつもりだったんだ？

聞きたい。無性に聞きたい。だが、聞いてはいけないような気がする。

雪栄は頭の中を様々な妄想で悶々《もんもん》とさせたまま、良太郎に背中を洗ってもらった。

良太郎は「のぼせるから先に上がる」と言って、体から湯気を出しながら浴室から出た。

のんびりゆったり頭を洗っていた雪栄は、ようやく緊張が解けてほっとする。

少し熱めの湯でシャンプーの泡を洗い流し、両手で髪を掻《か》き上げた。

人の気を知らない良太郎のせいで、雪栄の股間は熱くなったままだ。

雪栄は脱衣所に良太郎がいないのを確認し、股間を隠したタオルごと、勃起《ぼっき》した性器を握りしめる。

そして、良太郎に後ろから抱きつかれたときの感触を思い出して自慰を始めた。

今動かしているのは自分の手ではなく良太郎の手で、雪栄が気持ちよさそうに息を漏らすたびに、わざと焦《じ》らしてゆっくり扱《しご》く。

『だめだよユキ。気持ちよくなりたいなら、もっと時間をかけないと』

良太郎がどう言うかを想像しながら、雪栄は立ち膝で足を左右に広げた。

『俺に全部見せて。ユキ。ユキにも、俺を見せてやるから。見たいだろ？　俺の。見て触りたいだろう？　ユキだって、触ってほしいだろう？』

そうだ。触りたくてたまらないし、触られたくてうずうずしている。

雪栄は股間からタオルをそっと剝ぎ取り、そのまま床に落とした。鈴口から溢《あふ》れていた先走りが糸を引いてタオルに零れた。

「ん……っ」

思わず声が漏れる。自分では小さな声だと思ったが、浴室は雪栄の声をいやらしく響かせた。

『ユキって、結構……声を出しちゃう方なんだ』

俺のセックスなんて知らないくせに。俺がどんな風に一人でするかなんて知らないくせに。想像の中のお前は生意気で、意地が悪くて……。

雪栄は右手の人差し指で根本から先端までをそっと辿《たど》り、先走りが溜まっている鈴口を指の腹で円を描くように撫でた。甘い痺《しび》れにぴくんと腰が揺れる。

『ユキのは俺が触ってやるから、ユキは俺のを触って』

ああ本当だよ。お前に触りたい。うんといやらしいことしたい。うんといやらしいことをされたい。早く触ってくれ。感じるところをメチャクチャに弄《いじ》れよ。

想像だからどこまでも都合のいいことを思える。

雪栄は良太郎の陰茎に触れているつもりになって、自分の陰茎を愛撫《あいぶ》した。

右手の人差し指だけで鈴口を嬲《なぶ》り、左手で陰嚢《いんのう》を優しく転がしてやる。じれったい快感に体中が震え、酷く乱暴に扱ってほしくなる。嫌がる自分を無視して、乱暴に押さえつけて延々と愛撫してほしい。泣いてもわめいても、拷問のように続けてくれたらどれだけ嬉しいか。

雪栄の息が上がる。

快感で熱くなった体は、陰茎だけでなく乳首までも硬く勃起していた。

「ああ……ちくしょう……っ」

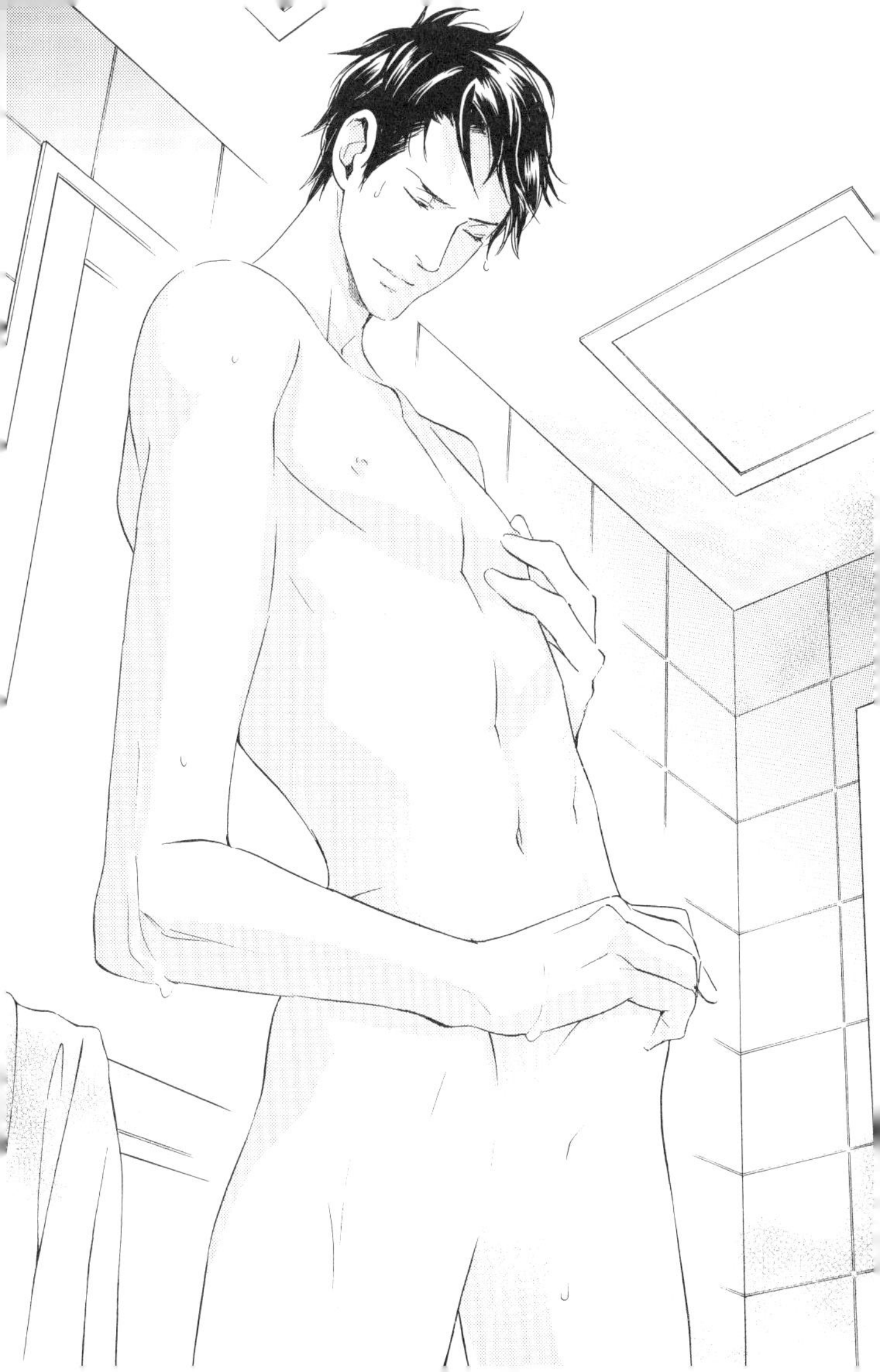

『いいよ、ユキ。射精したいのを我慢してる顔、凄くいい。俺にもっと触って欲しかったら、ユキも俺に触って。俺を気持ちよくしてくれ。同じことをユキにしてやる』

体中嘗《な》め回して、しゃぶって、扱いて、何度も強引に射精させてほしい。同じことをしてやるから……だから……良太郎……っ。

想像の中で、雪栄は良太郎の体中を嘗め回し、陰茎を頬張って彼の精液を何度も飲み込んだ。良太郎が上げる快感の声に煽《あお》られて、彼を抱き締めながら腰を揺らす。良太郎は赤ん坊のように雪栄の乳首に唇を押し当てると、強く吸い上げては舌先でくすぐった。

「だめだ……そんな……っ……ところ……」

俺は女じゃないんだと言っても、良太郎の唇は雪栄の乳首から離れない。強く吸われながら、もう片方も指で弄られる。

「こ、こっち……こっち……弄ってくれよ。ここ、吸ってくれ……っ」

雪栄は自分で乳首を弄りながら、右掌で亀頭を強く撫で回した。

想像の中の良太郎は積極的で意地が悪く、雪栄の思うように動いてくれない。

『ユキのおっぱい可愛い。敏感で、すぐ硬くなる。ずっと嘗めてたい。ユキも俺に嘗めてほしいだろ？　おっぱいを可愛がってほしいよな？』

雪栄は息を荒くして前屈《まえかが》みになった。

「なあユキ。冷蔵庫に入ってたゼリーって、好きなの食べてもいいのか？」

浴室のガラス戸の向こうから、突然良太郎の声がした。脱衣所からも出て行ったと思っていた雪栄は、驚きで体を強ばらせる。そして、何度か深呼吸をしてようやく声を上げた。

「あ、ああ。好きなの、食べてくれ」

「そうか。勝手に食べてユキに怒られるのは嫌だったからさ、聞いてみた」

笑い混じりの良太郎の声を聞きながら、雪栄は右手を上下に扱く。もう我慢出来ない。くちゅくちゅと粘りけのある湿った音が響き、鈴口に溜まった先走りが泡立つ。

「なあユキ」

「……なに」

「のぼせちゃうぞ」

右手の、扱く速度が速くなる。

雪栄は声を上擦らせないよう細心の努力をして、「分かってる」と答えた。

「ユキ」

射精しようと思ったときに名前を呼ばれ、雪栄は寸止めを食らわせられる。

「な……なに」

「早く上がってこいよ。俺にマッサージしてくれ。肩と背中がガチガチだ」

「わかって……る」

「うん。待ってるからなー」

今度こそ、良太郎は扉の向こうへ消えた。

雪栄は逆流した快感に身悶《みもだ》えながら、自慰を覚え始めた頃のように真剣に陰茎を扱き、陰嚢を揉む。

早く射精して、良太郎にマッサージをしてやりたい。彼を俯せに寝かせ、その上にまたがる。雪栄の尻と良太郎の腰が薄い布を挟んで密着し、熱を共有する。

「あ、あ、ぁ……っ」

雪栄は、良太郎の腰に陰茎を擦りつけるところを想像しながら、ようやく射精した。

射精は数回に渡り床を汚す。

雪栄は残滓《ざんし》から目を逸らしてシャワーで洗い流した。

月曜日というのは、どうしてこうもだるいのだろう。

同僚と一緒に、他部署の人間関係のゴタゴタをようやく対処し終えた雪栄は、同僚の大きなため息を聞いて苦笑した。

「俺たちのような総務の下っ端は、ある意味何でも屋だ。ああいう相談もあるさ」

長い間かぶり続けている優等生の仮面は、社会人になっても取れたりしない。

雪栄は同僚に慈愛の微笑を見せながら励ました。

「総務部人事課だろ、俺たちは。なんで、備品の消耗が早いですって他部署に注意をしに行ったら」

同僚はそこで声のトーンを低くして「お局《つぼね》が泣いちゃうわけ？」と囁《ささや》いた。

「人間関係に疲れているんだろ。……ほら、丁度昼休みだ。このまま食堂へ行こう」

「山咲は相変わらずだ。悩みのない出世コース男は、なんでも笑顔で解決か」

「なんで俺が出世コースなのー。長い間人事課にいたら、人を見る目が変わりそうで怖いよ。俺は商品管理部を希望していたんだけど」

とんとん拍子に中堅家電メーカーに入社した雪栄は、持ち前の外面の良さと持って生まれた面倒見の良さで、気がついたら同僚から慕われていた。仕事も手際がいいので上司にも好かれている。

小学校の頃からまったく変わらない光景だ。

「大した努力はしてないけど」と思っていることは反感を買いそうだが、その分雪栄は、道ならぬ恋心を長年抱えているので相殺してほしい。

「俺は商品管理に向いていると思うんだけどな。備品の小さなネジとか、きっちり数えて整理したい。凄く楽しそうだ」

「そういう性格だってのは分かるけど、山咲にはもっとこう……キラキラした職場で活躍してもらいたいな。俺としては。お前はそれが似合う男だ」

同僚は嫌みでなく本当に感心して笑い、雪栄の肩を叩いて食堂に歩みを進めた。

この時間なら、人気の日替わりランチを食べられる。

雪栄も小走りで同僚を追った。


本日のランチは、豚肉のショウガ焼きとミックスフライ定食。

雪栄は食堂の隅に同僚と陣取った。そこへ、総務部の女子が二人加わる。

二人ともタイプは違えどなかなかの美人だ。

総務部以外でも、彼女たちは結構知られていた。

「ごはん食べながらでいいから、ちょっと聞いて欲しいことがあるんだけど、いいかしら」

自分がモテると分かっている女子社員の口から発せられるこの手の台詞は「私の話を聞きなさい。嫌だとは言わせない」と訳すのが正解だ。

雪栄もしっかり脳内で翻訳し、涼しい笑顔で「いいよ」と言った。

「よかった。実はね……」

話を聞いてと言ってくる女性は、出来事の解決方法ではなく同調を求める。ここで話の腰を折って「つまり××すればいいことだろう?」と言っても相手は満足しない。

それは同僚も分かっているようで、彼女たちの話が終わるまで黙って食事を続けた。

雪栄も、大盛りのどんぶりライスとジューシーな豚肉のショウガ焼きを交互に食べ、味噌汁で喉《のど》を潤し、「やっぱりここの日替わりランチは旨いな」と心中で賞賛しながら、彼女たちの内緒話に耳を傾ける。

社員食堂という公の場で、雪栄とその同僚にしか聞こえない声で喋《しゃべ》る彼女たちの内緒話スキルは大したものだ。

「……でね、山咲さん。この子の彼氏ってば、五年も付き合っているのに結婚のけの字も出さないのよ」

それはもう脈ないですね。恋人止まりの女性っていますから。

とは、雪栄は言わない。口が裂けても言わない。視線を下げ、必死に何かを考えているポーズを取って見せる。

「諦めたいんですけどね。でも……もしかしたら相手は、今日こそ結婚しようって言ってくれるかもしれないと思ったら……ズルズルと」

おや、と、雪栄は顔を上げた。悩んでいる本人の顔を見ると、どうやらすでに決意しているようだ。誰かにちょこんと背中を押してもらいたいのだろう。

「決意したならさっさと動け……かな。俺はそう思いますよ」

「やっぱり？」

「はい」

雪栄と相談者は顔を見合わせ、にっこりと微笑む。

「そうか。じゃあ私、ダメ元で今夜プロポーズしてみるわ。ダメなら別れて、結婚に前向きな人を捜せばいいいし」

え？　そっちの方向で決意してたの？

雪栄は目を丸くした。

同僚と、相談した女子社員も、ぽかんと口を開けている。

「そうか。頑張ってね」

「うん。ありがとう」

決意表明した彼女は大口でランチを食べ終えると、一人元気に食堂を出ていった。

「……女子って凄い」

同僚の呟きに、雪栄も深く頷いた。

相手が好きだから、別れたくないから、今まで通り穏便に暮らしていけばいいと思っている雪栄にとって、衝撃は大きかった。

当たったらおそらく……いや絶対に砕ける相手に、どうして果敢に立ち向かうのか。

わざわざ辛い目に遭いに行かなくてもいいだろうに。それとも、そこまで荒療治をしないと、恋愛のけじめというのはつけられないものなのか。

雪栄は、自分にはとうてい無理だと思った。彼女のような真似はできない。結果が恐ろしいから、何も言わずに、場の空気が真剣になるのを避け、ふらりふらりと影が揺らぐように曖昧《あいまい》な月日を重ねるだろう。道ならぬ恋を堪え忍ぶとともに、弱さまで覚えてしまった。情けない。でも、勇気なんて出せない。雪栄の頭の中に「All or nothing」はないのだ。

「恐れないって、凄いな」

俺には絶対に無理だ。どんな犠牲を払ってでも、良太郎との穏便な生活を選ぶ。良太郎の傍にいられるならば恋人同士になれなくてもいい。寂しいけど。たまに逆ギレするけど。

雪栄はぬるくなったお茶を飲んで、改めてそう思った。

「山咲さん、あの子の背中をよく押せたね。私が何度言っても駄目だったのに」

残された総務の女子は、ため息をついてそう言った後、可愛いオムライスを食べ始めた。

「背景を知らない相手の方が、好き勝手言えるからだと思うよ」

雪栄は適当に答えて席を立つ。

同僚は「俺はもう少しここにいる」と言って、総務の女子に合コンの話を持ちかける。

合コンか。懐かしい響きだ。学生の頃は、よく良太郎を引っ張り出して参加したっけな。

あいつ、アルコールはダメなのに無理して飲んで、倒れて、救急車を呼んだっけ。

そのときも、良太郎の一番傍にいたのは雪栄だった。

俺が傍にいてやるから安心しろと、急性アルコール中毒で前後不覚になって、「ユキ、ユキ」とうわごとを言っていた良太郎に、ずっと囁いていた。

うん。今のままでいい。俺は誰かに背を押してもらう必要などない。

雪栄はそう決めて、紙パック飲料の自動販売機に向かった。

残業はなるべく控える……というか、さっさと帰ってくれという会社側の方針で、雪栄たち人事課の下っ端も、午後五時三十分の定時から一時間以内に会社から追い出される。経費節減のため、自社ビルの照明が落ちるので、仕事をしたくとも社に残れない。掛け合ってしぶとく残っているのは営業の人間たちだけだ。会社にいる時間内で、どれだけ自分が効率よく仕事が出来るか試されているようで、雪栄はこの定時強制帰宅が意外と好きだ。

……家庭を持ってる人たちは大変だろうが、俺は独身だし。しかも一人暮らしじゃなくてルームシェアだし。……さて、良太郎にメールでも打つか。

雪栄は、会社から最寄り駅に向かう途中で、携帯電話を使って良太郎にメールを打つ。北口の商店街に寄って、噂のケーキを買って帰るというメールに、ほんの十数秒後に返事が来た。

ああ、俺が買おうと思ってたのにっ！　忘れてたよっ！　ありがとうユキ！　俺はイチゴのショート。それ以外はユキに任せるからっ！　アイテシル vvvv

デコメールでないだけましなのか。

雪栄は喜びばかりのメールを読んで、小さく笑った。


北口商店街のアーケードの入り口には「ここから先、自転車は降りて押してください」という看板があった。だがマダムバイカーたちの中には、その看板を無視して絶妙のテクニックで自転車を操って通り過ぎようとする者がいる。

雪栄は、前後の籠に山ほどの食料品とトイレットペーパーを積んだ一人のマダムと危うくぶつかりそうになった。

「大丈夫？　サラリーマンがキョロキョロしながら来るところじゃないよ、ここは」

雪栄の腕を引っ張って助けてくれたのは、長袖のTシャツにジーンズというラフな恰好をおしゃれに着こなしたイタリア人……もとい、そんな甘い容姿を持った男性だった。

「いや……みっともないところを見せてすみませんでした。助けてくれてありがとうございます」

主婦と激突して向こうに怪我《けが》でもされたら後々面倒だ。雪栄は素直にイタリア風日本人に礼を言う。

「ユキの家は、南口を出て向こうでしょう？　わざわざ混んでる商店街の道を通るのはどうして？」

「あ、ああ……ここに新しい洋菓子の店が出来たと……って……アレ？」

どうしてこの色男は俺の名前を知っているんだ？　しかもユキって。俺をユキと呼ぶのは山咲と東堂の……つまり実家とお隣さんの人間だけだ。誰だこいつ。

雪栄は失礼だと思いつつも、自分を助けてくれた男の顔をじろじろと見つめる。

真っ黒でウェーブの入った髪、立派な眉《まゆ》の下にはくっきりした二重。大きな目。高い鼻。微笑みの似合う少し大きめの口。女性なら、誰もが「優しくしてくれそう。女性の扱いが分かっていそう」と、瞳を輝かせるだろう甘いマスク。

ちょっと待て。俺はこの男を知っているぞ？　確か、確か昔…………。

そのまま、「しばらくお待ちください」状態が続く。

懸命に記憶の糸をたぐり寄せた雪栄は、突然手を叩いた。

「思い出したっ！　向かいに住んでた彰一《しょういち》さんっ！　うわっ……こんなに大きくなって、最初は誰だか分からなかったっ！」

雪栄の口調は近所のオバサンだ。

イタリア風日本人は雪栄の五歳年上で滝原《たきはら》彰一と言い、雪栄が小学二年生の冬まで向かいの家に住んでいた。彰一が親の仕事の都合で海外に引っ越してしまうまで、雪栄と良太郎はよく一緒に遊んでもらったものだ。

五つも年が離れていたし、彰一の周りには美人の同級生やカッコイイ同級生がいつもいたが、雪栄たちが遊びに来ると、「チビが来た」といつも気軽に相手をしてくれた。彼の友だちも子供好きなようで一緒に遊んでくれたことが多かった。そして良太郎のゲーム好きは、彰一の影響だった。

「俺はすぐに分かったよ、ユキ。昔と少しも変わらないな。いや、いい男に育ったもんだ」

彰一は目尻に皺を寄せ、雪栄の頭を優しく撫でる。

その撫で方に、微《かす》かに覚えがあった。

「大したことないですよ。しかし、こんなところで再会できるとは思わなかった。そうか、おばさんたちが言ってた『懐かしい人』って彰一さんか。なるほど。さっさと教えてくれればよかったのに。……で、いつこっちに戻って来たの？」

雪栄は、彰一が引っ越しするときに良太郎と二人で大泣きしたのを覚えている。二人揃って、「行くな」と駄々をこね、彰一の両親ももらい泣きしたほどだ。

一つ思い出すと、次から次へと出てくる。懐かしくて優しい思い出は、清々《すがすが》しい湧《わ》き水のように雪栄の心を優しく浸した。

「海外でずっと修行してた。両親は相変わらず海外だけど、俺だけ戻ってきたんだ。先月から地元の商店街で店を構えている。結構繁盛してると思うよ。早くもクチコミでお客様が集まってるんだ」

「もしかして……それって……」

「新しい洋菓子店。ソレイユって言うんだ。覚えやすいだろ？」

確かに、昔からよくいろんなものを作っては俺たちに食べさせてくれたが、店を出すほど器用だったとは。素晴らしいっ！

雪栄は心の中で彰一を賛美すると共に、閉店時間でもなさそうなのにラフな恰好で商店街をうろついている彼を見て不安になった。

「休みは土日だけって聞いたんですけど。もしかして今日も休み……？」

「いや。今日の分は完売したから、こうして自分の夕食の準備を」

彰一は、麻のトートバッグから「鳥昌《とりまさ》の焼き鳥」を取り出して見せる。

「あ。旨いんですよね、そこの」

「昔と味は少しも変わってなかった。高橋《たかはし》の手作り総菜もだ。ここは昔から活気があっていいね」

「そうですね。……しかし完売か。残念だな」

せっかく良太郎のために買って帰ろうと思ったのに。もしや自分が帰宅する時間では、何もかも完売になってしまうのだろうか。

雪栄は不安になって、彰一に尋ねた。

「予約は……受けてもらえるんですか？」

「ごめんね。うち、バースデーケーキとか、クリスマスケーキとか、特別なものでないと予約は受けないことにしているんだ」

「……そ、そうですよね」

ますますどうしよう。俺は良太郎のためにケーキ一つ買えない男なのか？

雪栄はしかめっ面で考え込んだ。

「あのね、……半端物なら少しあるんだけどどうする？　ロールケーキの切れ端とか、スクウェアケーキの端っことか」

「是非っ！　凄く美味しいって評判なんで、端っこだって旨いはずだ。むしろ俺は……」

「ユキは、カステラの端っこが好きだったよね。真ん中はいつもリョウに渡してた。そうだ、リョウは元気かい？」

彰一に会話を遮られたが、雪栄は彼が自分の好みを覚えていたことを喜んだ。

「元気です。実は今、家を出て一緒に暮らしてるんです」

冷静に、さり気なく言えたはずだ。

「へえ。仲がいいのは知っていたけど、一緒に暮らしているとはね」

「あいつは何も出来ないから、俺と一緒じゃないと家を出してもらえなかったんです。ゴミ溜めの中で死ぬとか言われたらしい」

「リョウが何もできないのは、ユキが全部やっちゃうからじゃないのか？」

「え？」

ぎくりとした。

十七年ぶりの再会で、彰一は雪栄と良太郎のその後は知らないはずなのに。

「俺は誰かの世話をするのが好きだから、そのついでで良太郎の世話もしちゃうんです」

「へえ。だったら俺の世話もしてよ。ユキに世話をしてもらえるなら俺は大歓迎だ」

彰一はそう言って、無防備な笑顔を見せる。

おお。女性はこういう笑顔に弱いんだ。そして、さり気なさの中に自分の好意を相手に伝える言い方。……上手いな。

雪栄は心の中で感心しつつ、少し首を傾げた。

どうも彼は、「好意」という言葉に引っかかっている。

「店においでよ。『俺の城』を見せてあげる」

雪栄は一瞬、躊躇《ちゅうちょ》した。

彰一は自分たちと遊んでくれた「優しいお兄さん」だ。十七年ぶりの再会でも、その優しさと笑顔は変わりない。

そうだとも。この人は、幼なじみの優しいお兄さんだ。それだけだ。良太郎に対して後ろめたい事なんてない。第一……俺と良太郎は恋人同士じゃない。俺があいつに片思いをしているのであって……。

雪栄はそれ以上考えるのをやめた。


北口商店街の、メインストリートの丁度真ん中あたりから右折して数分歩くと、その小さな店はあった。ひと息ついた買い物客たちが立ち寄る喫茶店や、こだわりの文具店、昔ながらの古物商など渋い色味の店が多く、彰一のソレイユも外装は焦げ茶の煉瓦《れんが》とリサイクル木材で作られていた。シャッターも焦げ茶色で統一している。

店の前には何人かの主婦が立っていて、彰一の姿を見ると揃って駆け寄ってきた。

「今日はもう終わりなの？」「今度はもっといっぱい作ってね」「子供が楽しみにしてるのよ」と、言いたいことを言って帰って行く。

雪栄は改めて腕時計に視線を落とした。現在、午後六時三十分。店にもよるが、この時間で完売というのは、買い手として悔しい。限定品の完売なら諦めもつくが、ショーケースの中が空だとさっきの主婦たちではないが「もっと作れ」と言いたくなる。

「ちょっと待ってね。今シャッターを開けるから」

彰一は鍵《かぎ》を開けて、シャッターを半分ほど引き上げて中に入った。雪栄もそれに続く。

店の中に入れられた小さな木の看板に、オレンジ色で太陽のマークが書かれている。太陽の丸の中に「ソレイユ」と左手で書いたような拙《つたな》い文字があった。

「ああ……、どこかで聞いたことがあると思ったら、フランス語でソレイユは太陽だ」

「そういうこと」

彰一はそう言って店内の明かりを付け、レジカウンターの奥に入っていく。

坪数は分からないが、畳で言ったら店内は四畳半ほどだろうか。本当にショーケースの中には何も入っていない。ケーキのタグだけが、端っこに綺麗に並べられている。

床はクリーム色とチョコレート色のマーブルで、クリーム色の壁には海外の写真がパネルにされて飾られている。

入り口の扉と壁は木材で仕切られただけのガラス張りで、シャッターが上がっていれば店内が見渡せるようになっていた。

余計なものはないが殺風景ではない。時代がかったレジスターと流線型のカウンターを見ても、ずいぶんおしゃれな店内だと分かる。

ケーキが並んでいるときに来たかった……。本当に残念だ。

そんなことを思っている雪栄に、彰一の声がかかった。

「ユキー、こっちにおいでー」

彼の言う「こっち」とは、厨房《ちゅうぼう》のことだろうが、スーツ姿で入ってもいいのか。

「俺、スーツです。シェフコート着てないです」

「大事なものは全部しまってあるから平気だよー」

パティシエがそう言うなら、素人は黙って従う。

雪栄は、初めて入るプロの厨房に、胸をときめかせた。

冷蔵庫もオーブンもステンレスの作業台も、当然ながらすべて業務用だ。

雪栄は「この冷蔵庫……憧《あこが》れる」と呟いて、自分の顔が見えるほど輝いている巨大冷蔵庫を両手で撫で回した。

「冷蔵庫の隙間《すきま》に折りたたみ椅子《いす》があるから、それを出して座ってて」

彰一は二人分のコーヒーを淹れる。インスタントだが、厨房に香ばしいいい香りが広がった。

雪栄は言われた通りに椅子を引っ張り出してそれに腰を下ろし、コーヒーを飲みながら彰一の作業を見つめる。

「もしかして……この広さの厨房からすると……一人で作っているんですか？」

「そうだよ。人を雇うほどの余裕はないから……というのは表向きで、人に任せたくないんだ。面倒だし、鬱陶《うっとう》しいし」

彰一は冷蔵庫からバットを取り出し、キッチンペーパーを剝がした。

「これね。イチゴのショートの切れ端。こっちの焦げ茶色はチョコレートケーキ。こっちにあるのは、ロールケーキの切れ端」

チョコレートケーキの切れ端にはオレンジ、ロールケーキにはたっぷりの生クリームがついている。もちろん、イチゴのショートケーキの切れ端にも、大きなイチゴの欠片が入っていた。

「これ、全部もらっても構いませんか？　ええと……いくら払えばいいんだ？　ネット通販だと、よく『訳あり』とか『切り落とし』として売っているんだけど……」

「売り物じゃないから、もらってくれると嬉しい」

「でも、切れ端でも……もの凄く美味しそうで……」

彰一は、ショートケーキの切れ端を摘《つま》んで雪栄の口にそっと押し当てる。

雪栄は口を開けて、彰一の指ごとショートケーキを口に入れた。

舌の上で蕩《とろ》けるスポンジ。ふわりと軽い生クリーム。甘酸っぱいイチゴの味。雪栄は、こんな旨いケーキを食べたのは初めてだった。

「なんだこれ……っ」

雪栄は目を丸くし、頬を染めて彰一を見た。そして、どれだけ旨かったか両手の拳を振り回して伝える。これはもう、言葉にすることがはばかられる旨さだった。

「でしょ？　はい、もう一口」

雪栄は頷いて口を開ける。生クリームを多めにつけたスポンジが彰一の指と一緒に口に入る。

彰一の指先が雪栄の舌に触れ、そっとなぞった。

雪栄は視線を泳がせて焦るが、彰一は優しい笑みを浮かべたまま、雪栄に「まだクリームがついてるから嘗めてよ」と言って指を差し出す。

……これは、もしかして。

雪栄は口元に差し出された彰一の指と彼の顔を交互に見て、カッと頬を朱に染めた。

「ユキ。ほら……」

唇に彰一の指が触れて、生クリームを塗られる。

この人は、もしかして……俺が男を好きだと知っているのか？　そういうことって、分かってしまうものなのか？

雪栄は、心の中で「たとえゲイだとしても、俺は良太郎にしか愛情がない」と言いながら心臓をバクバクさせた。

こんな風に生クリームで遊ぶなら、雪栄は良太郎と楽しみたい。

「美味しいだろ？　ほら、早く嘗めないと溶けちゃうよ」

旨い生クリームが溶けてしまうのは勿体ない。だが彰一の動向が読めない。

「ユキが嘗められないなら俺が嘗めてあげようか」

彰一の顔が近づく。

ちょっと待ってくれ。初めてキスをする男は良太郎だと、俺は心に決めている……っ。

雪栄は椅子に座ったままずり下がり、手の甲でクリームをこすり取り、「それ以上近づかれると困る」と呟いた。

「勿体ないな。せっかくの生クリーム」

「大丈夫。ちゃんと嘗めてますから。凄く旨いです」

「照れちゃって可愛いなあ」

彰一は雪栄の顔を覗き込んで笑う。

「これは……照れているのではなく焦っていて……っ。……彰一さんが、いきなりこんなことをするから……」

「いきなりじゃないよ。俺は昔から、ユキにキスしたり触ったりしたかった。幼稚園の頃からユキは凄く可愛くてさ。特に猫の目みたいにきゅって釣り上がった目で拗ねた顔をされると、それだけで俺はもうハアハアだったよ。ご両親や兄弟をみていたから、絶対に美形に育つと思って、手を出さずに待っていてよかったよ。さすがにさ、子供に手は出せないでしょう？　人として。セックスというのは成人してから、合意の上で行うのがいいと思うんだ。……可愛くて綺麗で、オマケに色っぽいユキ。初めて出会った頃から愛してる。再会できたのは神の采配《さいはい》だね。俺の恋人になってくれないか？」

多分あなたは、いろんな意味で正しいと思います。それと同時に、同じくらい間違っています。なんで俺が好きなんだ？　俺は良太郎が好きなのに……っ！

雪栄は、自分が良太郎という男を愛していると自覚しているが、自分が男に愛されるとはまったく思っていない。そんなことはあり得ないと思っていた。

「あの……俺は……」

「再会して一目見たときから、ユキは俺と同じ世界の人間じゃないかなと思った。まちがってないよね？」

「ええと……でも……その……っ」

「ユキが何も知らなくても、俺が教えてあげるから大丈夫。安心して任せてくれ。最初はぎこちない関係になってしまうかもしれないが、すぐに慣れるよ」

優しくて、何もかもを包み込んでくれそうな声。

雪栄はずるりと椅子から滑り落ち、床に尻餅《しりもち》をついた。

「危ないよ、ユキ」

「俺……ゲイに見えるんですか？　ゲイの人には、俺がゲイだって……」

「全部が全部ってわけじゃないけどね。ほら、俺はユキが好きだから。一般人には分からない。怖がることはないよ。ちゃんとサラリーマンをしていける」

彰一は雪栄の前に腰を下ろし、彼を安心させるように何度も「大丈夫だ」と言う。

「驚いちゃったのかな？　俺がせっかちだったね。……でも、俺が焦ってすぐに告白しなくちゃならないほど、ユキは綺麗になってたって事だ。誰にも取られたくないって凄く思ったんだ。気が強いくせに泣き虫の、可愛いユキちゃん」

凄く嬉しい言葉だ。本当に好きな相手でなくても、こういう風に優しく告白してくれると、心の奥がきゅっと痛くなって、嬉しくて涙が出そうになる。

「彰一さん……俺……好きなやつがいて……」

けれど雪栄の気持ちが揺らぐことはない。

彰一の気持ちは嬉しいが、彼のためにもはっきりと断っておかなければ。

「リョウが好きなんだろ？　昔からユキは、リョウしか見ていなかったもんね」

「……恋をしていると自覚したのは、高校生の頃なんですけど。好きの意味が……」

「分かってるよ。でもユキの片思いだろ？　違うかな？」

何で分かるんだ？　それもゲイ同士だから？　もしくは年の功か？

雪栄は心の中で驚きながら、実際は眉間に皺を寄せて冷静に「余計なお世話です」と呟いた。

「じゃあ、まだ俺にも望みはあるね。……今からでも遅くないと思うんだ、ユキ。俺の恋人になっちゃいなよ。うんと優しく、大事にしてあげるよ。俺がユキにしてあげられることを、全部してあげる。だからね」

　この台詞……いつも俺が良太郎に思ってることじゃないか。凄く好きで、でも告白できないから、だから……俺が出来る全部を良太郎にしてやりたい。

　雪栄は彰一を見上げて、小さなため息をついた。

「俺も……良太郎にそう思ってる。なんでもしてやりたいって……」

「告白しないでリョウの世話をしてても、きっと何も伝わらないと思うな」

「それでもいい……っ！」

「ユキは、お母さんみたいだって思われてもいいのか。それとも、ただの便利な友だち？」

「いくら彰一さんでも、良太郎のことを悪く言うのは許さない……っ」

「だって、今のままじゃユキが凄く可哀相《かわいそう》だから」

　ふわりと。

　雪栄は彰一に抱き締められた。

　良太郎のように無邪気に抱きつかれるのとはまったく違う、力強い腕。

「俺の知っているユキはとても小さいけれど、それでもいつも自信満々だったよ。なのに今はなんか違うんだよね。リョウに嫌われないために動いてない？　リョウの機嫌を取って、おどおどして、とってつけたような笑顔を見せてる……そんな感じがする。かなり切羽詰まってるよね？」

「なんで……」

なんで、十何年も離れていた彰一に俺の気持ちが分かるんだよ。こんなのありかよ。

雪栄は悔しいやら恥ずかしいやら、顔を真っ赤にして俯く。だがまだ彰一の腕の中だ。

男に、意図をもって抱き締められることが、こんなに心地いいと初めて知った。

「昔のユキは、もっと元気だった。今のユキは……いろいろ疲れてないか？」

「そ、そんなの……っ……当然じゃないですか……っ。男が男を好きになるんですよ？　何もかも知っている幼なじみの親友でも、『俺はお前を愛している』って言ったら終わりですよっ！　殆どの男は女を好きになるように出来てるんですからっ！　友情が愛情に変わってもいいのは、男女間だけなんですっ！　良太郎はいいヤツだから、俺を傷つけない言い回しを考えるはずだ。でも……きっと……一緒に住むことはなくなって、距離ができて……いずれは……。俺はそんなの嫌だ。そんな別れ方をするくらいなら、一生黙って傍にいる」

雪栄の頭の上で、彰一がため息をつくのが聞こえた。

「し、失礼じゃ、ないですか……っ」

「確かに、告白して気まずくなって疎遠になるっていうパターンはあるよ。そりゃもう限りなくあるよ。でもさ、それってユキの妄想だろ？　実際はどう転ぶか分かんないよね。リョウが、本当はユキのことをどう思っているかなんて、ユキには分かんないよね」

彰一はそう言いながら、雪栄の体をきゅっと抱き締める。

「……でも、告白したあとの保証はないんだ。そんなリスクの高いことは怖くてできない」

「あるじゃない、保険が」

「え？」

「俺なら、リョウに振られたユキを慰めてやれるよ？　恋人にだってなれる。リョウと気まずくなっても、ユキには逃げる場所がある。実家に帰るのは嫌だろう？」

向かいに住んでいた彰一は、雪栄と良太郎の家族がどれだけ親しい付き合いをしているのかよく知っている。

何も知らない家族は、実家にいきなり帰ってきた雪栄に驚くだけでなく、良太郎と疎遠になった理由も無頓着《むとんちゃく》に聞いてくるだろう。

だったら、実家に帰らずに自分のところに来ればいいと、彰一はそう言っている。

「そんな……優しくされても……俺は……」

「好きな人には優しくしたいでしょ。どうしてそんなに辛そうな顔をするかな」

雪栄はよほど酷い顔をしていたようだ。自分の顔を覗き込む彰一の顔まで険しくさせた。

「ああいう、いつでもどこでも言動が自然体の人間は、悪気のない行動で相手を傷つけるからタチが悪い。……ユキはもう、ボロボロなんじゃないか？」

確かにね。確かに……良太郎は常に自然体です。フリーダムです。言動に深い意味はありません。でも、傷つくのは俺の勝手で……。

雪栄はそう思っていて、急に寂しくなった。抱き締めてくれる熱は優しいが、良太郎のものではない。このまま身を任せることはできないのだ。

ゆっくりと、彰一の顔が近づいてくる。そのまま唇にキスをされそうになったが、雪栄は「だめです」と言って顔を背ける。

だが彰一は、今度は雪栄の首筋に顔を埋めてキスをする。

雪栄は抵抗してようやく彰一から遠ざかることができたが、首筋には赤い痕《あと》が残った。

「ダメだって……言ったのに」

「こんなのキスには入らないよ。……俺を好きになれば、いくらでも気持ちのいいキスをしてあげるのに。まったくこの子は頑固なんだから」

「俺は、キスをするなら良太郎としたい」

「告白できないヘタレなユキちゃんには、一生無理だね」

彰一は「あはは」と軽く笑って立ち上がり、キッチンシンクで丁寧に手を洗う。

「今から、この切れ端を『それなりのもの』に見せるから、見たいなら見ててもいいよ」

彰一は、クッキングペーパーで作ったカップケーキの型に、作業台の上に置いていたケーキの切れ端を詰めていく。半分ほど詰め終わったら、ショートケーキには手作りのイチゴジャム、チョコレートケーキにはマーマレードを載せて、その上からまた切れ端を詰める。デコレーションはどちらも生クリームだが、それぞれに使ったジャムを垂らしているので、味をまちがえる心配はない。

カップケーキは全部で六つ出来た。彰一は生クリームが崩れないように注意を払い、ケーキボックスにすべて詰め込む。

無駄のない洗練された動きをじっと見ていた雪栄は、生まれ変わった切れ端カップケーキに惜しみない拍手を送った。

「彰一さん凄いっ！　本当に凄いっ！　俺も菓子は作るが、こんな手際よく作れないよ。本当にパティシエなんだな……」

「褒められている気がしないんだけど」

「褒めてる。褒めてますっ！　今度は、ちゃんとしたケーキを買いにきますから」

雪栄の言葉に、彰一は面白そうな顔で彼をじっと見た。

「ん？　なんですか？」

「また俺に会いに来てくれるの？　嬉しいな。だったら今度は店じゃなく、俺のマンションにおいでよ」

雪栄はカッと頬を染めて、慌てて彰一から視線を逸らす。

「大変なことになりそうなので、ダメです。無理です。俺を好きだと言ってくれたのは凄く嬉しいけど、俺が好きなのは良太郎で……。欲求不満を解消し合おうっていう……さっぱりした考え方にはならないし……やっぱり……」

なんで俺は、こんな風にウジウジ答えているんだ？　もっとはっきり言わないと、どんどん深みにはまっていく。彰一さんをいいように使ってしまう。そんなことできない。

雪栄はネクタイを両手で弄《もてあそ》びながら、「そういうオープンなものは」とはっきりしない声で呟いた。

「じゃあ、俺がユキを強引に引っ張り込んであげるよ。ね？　ユキには理由が必要なんだ。好きな人以外の前で裸になる理由がね」

「今度なんて……ケーキを買いに来る以外で……あるわけ……」

「ユキが俺のことを気にしてくれれば、きっとチャンスがあると思うよ。ユキ、携帯出して。俺の情報を赤外線で送るから」

俺の情報はいらないんですか？　それとも……必ず俺があなたに連絡するという自信が

あるんですか？　俺は……何があっても良太郎が好きなのに。

雪栄は彰一の余裕の態度にしかめっ面をしながら、スラックスから携帯電話を取りだして、彼の情報を受け取った。

「もうすぐ八時になるよ。早くリョウにそれを持っていってあげなさい」

「八時……？　そんな……っ！」

良太郎は、連絡のない雪栄を心配していることだろう。それよりも食事の支度ができない彼は、腹を空かせてしょんぼりしているはずだ。早く帰らないと。

雪栄は心の中で激しく焦る。

髪は少し乱れているが、帰るだけなので問題ない。

「あの……彰一さん……」

「はい」

「いろいろと……甘えてすみませんでした。俺は大丈夫です。……今度は、客としてケーキを買いに来ますね。ではさようなら」

雪栄は最後まで彰一の目を見ずに言い、ぺこりと頭を下げた。

そして、切れ端カップケーキの入ったケーキボックスを持って厨房から出て行く。

「ユキは絶対に俺に連絡してくるよ。鈍感なリョウにはユキの相手は務まらない。どうして気がつかないのかな」

彰一の、独り言にしては大きな声が聞こえてくる。

とても優しくて、でも少し呆れと苛立《いらだ》ちが混じった声だ。

「ごめんなさい、彰一さん」

大好きだった年上の幼なじみが、ゲイだと分かって、ホッとしただけだ。男が男を好きになる気持ちが分かるもんな。だから、つい甘えてしまった。俺はもう……昔のような子供じゃないんだ。自分で考えて自分で行動する。誰にも迷惑はかけない。

雪栄は、心の中で改めて誓う。

「俺が好きなのは良太郎なんだ。良太郎だけ……」

彰一に告白されただけで、とても悪いことをしているような気持ちになる。

雪栄はじわじわと心を苛む罪悪感を抱え、良太郎の待っているマンションに向かった。


どんな顔で会ったらいいのかとあれこれ悩んだが、いい案は浮かばなかったので、いつもの「優等生の仮面」を着けることにした。

玄関の扉を開けると、目の前に良太郎が立っていた。

「ごめん、遅く……」

「俺は今日、生まれて初めてご飯を炊きましたっ！」

いつものジャージ姿で、良太郎は万歳のポーズを取る。

「え？」

「炊飯器の説明書を読みながら、自分でご飯を炊きましたっ！　米を研《と》ぐって、とても難しいことなんだな。動画サイトで米の研ぎ方を検索した」

「……良太郎が。ご飯を炊いた？　本当に？」

「本当だ。十分ぐらい前に炊きあがった。……それと、調子に乗って味噌汁も作ってみましたっ！　これも、動画サイトで検索したっ！　タマネギとかき玉の味噌汁。ユキのように完璧とはいかないが……それなりの味になった。是非とも飲んでくれ」

こいつは何を言ってるんだ？　自分で飯を炊いて味噌汁を作っただと？　それは俺の仕事じゃないか。なんで？

雪栄は無言で靴を脱ぎ、良太郎の胸に「ソレイユ」と文字の入ったケーキボックスを押しつける。

そのままキッチンへ行き、拭《ふ》き取られていない水しぶきとシンクに散らばったままの野菜屑《くず》、床に零れた米を片付け始めた。

「なあユキ、晩飯が終わったらこのケーキをデザートにしような？　いくらだった？　俺が入れてる生活費で足りる？　なあユキ……」

良太郎はキッチンカウンターからキッチンを覗き込み、「スーツぐらい着替えろよ」と苦笑する。

「水しぶきを放っておくと、シンクが曇るから嫌なんだ。床だって……零れた米は仕方がないとしても、米というものは気持ち的に踏みたくないだろう？　野菜屑だって……」

「ユキ」

雪栄は、良太郎の声がかかっても無視して掃除を続けた。

「なんで怒るんだ？　俺はユキのために、自分の出来ることをやっただけだ」

「怒ってないよ。良太郎にも家事が出来るんだとびっくりしてるだけだ」

ああ、分かってるよホント。お前にはこれっぽっちも悪気がない。でもな良太郎。お前がどんどん家事を覚えてしまったら、俺なんかいらないじゃないか。俺がお前の傍にいられる理由を取らないでくれ。

雪栄はわざと明るい声で言い、野菜屑の水を切って生ゴミ用のゴミ箱に入れて蓋を閉める。米が散らばっている床は、百円ショップで買った箒《ほうき》とちりとりで綺麗にした。そのあと、乾拭《からぶ》きする。

「ユキ」

「なんだ」

「ユキは、俺が台所を綺麗に使わなかったから怒ってるのか？」

馬鹿。違うってば。

雪栄は呆れ顔に笑みを浮かべて良太郎を振り返る。

「怒ってないって言ったろ？　今夜はもう……時間が遅いから肉と野菜の炒め物でいいかな？　今朝作っておいた漬け物は……」

「昼間食べた。あれ、凄く旨かったからまた作ってくれ」

「よかった。じゃあ来週作ろう」

雪栄の言葉に良太郎は「なんで。毎日食べたい」と唇を尖らせる。

「飽きるだろ。旨くても毎日同じものを食べてれば」

「俺は飽きない。生まれたときからユキと一緒にいても飽きないし」

なんだそりゃ。漬け物と、俺たちの関係を一緒にして語るな。小説家のくせに……っ！

思わず雪栄の眉間に皺が刻まれた。

「ごめん……」

良太郎が謝る。

「俺はまだ怒ってないけど？　どうして謝るのかな、良太郎君は」

雪栄はネクタイを緩め、ジャケットを脱ぎながらため息をついた。

「いや……その……だってユキが怖い顔をしてるから。ユキがそういう顔をするときは、だいたい俺が悪い」

良太郎は真面目な顔で言い、再び頭を下げる。

「何がどう悪いのか、いっぱいありすぎてわかんないから、あとでしっかり考え直す。だからユキ、俺を許してくれっ！」

どうしてくれよう。このおバカさんは……。

雪栄は、自分にすがりつく勢いで「ごめん」を繰り返す良太郎を見て、怒るのが馬鹿馬鹿しくなってきた。

「あ、あのな……」

「俺は家の中で仕事したりネットしたりゲームしたりゲームしたり、たまーに仕事したり、ユキが作ってくれたおかずで飯食ったり、昼寝してみたり、そんなダラダラした生活だけど、ユキはちゃんと時間通りに働いてるんだよなっ！　こんな俺じゃ、ユキを癒してやることさえできない……っ！」

良太郎は一人で大いに盛り上がり、持っていたケーキボックスをキッチンカウンターに置いたかと思うと、カウンターを乗り越えて雪栄の体を抱き締めた。

「俺が妖精や天使だったら……ユキを癒せるのに」

いや待て。そういう存在だったら、幼なじみになれないじゃないか。

雪栄は突然の良太郎の行動に驚きつつも、しっかりと抱き締め返す。

「ユキ……いつもと違う匂いがする」

「え？」

「通勤電車のラッシュの匂いと違う。初めて嗅《か》ぐ匂いだ」

お前は犬かと、雪栄は喉まで出かかった。笑い飛ばして終わろうとしたのだが……。

「それに……なんだこれ。この……赤い痕」

しまった。

雪栄は冷や汗を垂らし、強引に良太郎を引き剝がした。

だがすぐ、良太郎に肩を摑まれる。

「ケーキを買って帰るとか……そういうことを言って俺を放っておいて、自分は誰かとエッチですか。これ見よがしにキスマークまで付けてもらって。あーあー。俺がユキのために一生懸命味噌汁を作っていたときに、ユキはエロ魔神になってたのか……」

良太郎は明後日の方向を向いて「なんなんだよ」と寂しい笑みを浮かべる。

「あのな良太郎……少し落ち着け」

雪栄は、彰一としたことを心の底から後悔しながら良太郎を落ち着かせようとした。

「ユキが食事を作れなかったり大事な用があるときはもちろん、彼女と一泊旅行ってときも、ちゃんと俺に教えてくれたってのに……今回は秘密かよ。内緒ですか。俺に知られちゃ困るのかよ。幼なじみで親友じゃないか。それとも、俺には絶対に言えない相手か？」

それはそれ、これはこれだ。お前に遠慮して当然だろ。ゲイだぞ俺は。ったく俺が何も言えないのをいいことに誤解しやがって。どうやってごまかしたらいいんだよ。

雪栄は、上手い嘘の付き方を懸命に模索する。なるべく、誰も傷つかずに誰も悪人にならない方法はないものか。

「もしかして……」

「あのな、良太郎……これにはわけが……」

「もしかして、あれか？　相手は、俺に紹介する予定の彼女だったのか？　女子か。まさか女子か。なるほど女子か。まさかユキは、結婚相手を見つけちゃったのか？　早くないか？　まだ二十五だろ？」

良太郎は思い詰めたような顔でため息をつき、雪栄の肩から手を離す。

「俺はお前に彼女を紹介したことがあるか？　付き合っているときは『彼女は今いる』と言ってたが……」

「俺はしっかり覚えているのに、ユキはもう忘れてるんだ。なんなら、そのときのテキストをプリントアウトして見せてやろうか？　このマンションでの同居初日の夜だ。ある意味初夜だぞ、おい」

良太郎はその場にぺたりと正座し、雪栄にもそれを求めた。

二人はキッチンの床で向き合い、神妙な顔で正座をする。

「お互い、結婚したい相手ができたら紹介する。同居は解消するって言った。ユキが決めて俺が約束した。そうか……ユキに結婚したい相手か……。ユキはモテるし優しいし料理は上手いから、さぞかし素敵な相手が現れると思ってた。でもそれは、三十後半か四十歳くらいかと思っていたんだ。いやなんとなく。二十五歳は早い」

良太郎の、こんなにも静かで真剣な表情を雪栄は初めて見た。

「ユキと同じ高校に入るために頑張ります」「ユキと同じ大学に入りたいので頑張ります」「ユキと同居します」と両親に言ったときも真剣だったらしいが（あとから笑い話として東堂家から聞かされた）、雪栄はそのときの良太郎の顔を見ていない。

「ユキは……俺との同居をどう思っているんだろう」

「楽しいけど」

「簡単に答えないでほしい。……仕事の他に家事もこなして、毎日が楽しいなんて男がいるか？」

「俺は結構好きだ」

「ユキ……俺に気を使わないでくれ。俺との同居に飽きたなら飽きたと……はっきり言ってほしい。優しく気を回されるなんて辛いじゃないか」

あの……その台詞は俺のものだと思ってたんですけど……。シチュエーションは多少違うが、確かに俺の台詞で気持ちなんだけどな……。

雪栄は、好きな男の口から自分の思いを聞かされているような気持ちになって、いたたまれなさに体が痒《かゆ》くなる。

「こ、こうなったら……ユキの彼女が本当にユキに相応しいかどうか……俺が確かめてやろう。ユキの好きなものや嫌いなもの、得意料理、よく言う寝言、口癖……俺より知っていたら結婚を許してやる。……ね？　それでいいよね？　ユキ」

馬鹿。それって……お前……「俺の彼女に嫉妬してる」ってことじゃないか。俺を誰かに取られたくないんだろ？　なあ良太郎。もっとはっきり言ってくれ。そしたら俺も……。

雪栄は心臓をドキドキさせ、目尻をふわりと赤く染めて俯いた。

あと一言あれば、きっと雪栄は良太郎に告白できる。

社員食堂で言葉を交わした彼女も、雪栄の一言に背中を押されて動き出した。

もっと何か言ってくれ良太郎。俺を取られたくないって、ずっと一緒にいたいって……。

雪栄は願った。

空気が張り詰めたのが分かる。

そして良太郎が大きな声を出した。

「俺を捨てないでくださいっ！　俺はユキが傍にいてくれないと仕事ができませんっ！　バカな男だと思ってくれて結構っ！　でもこれが俺の気持ちだっ！　大事な親友が結婚で遠くに行ってしまうのが悲しいっ！　傍にいて俺を励ましてくれないのがいやだ。ユキ以外の誰かが作ってくれた食事は食べたくない。とにかく、何がなんでもユキでなくちゃだめなんだっ！　俺が初めて書いた話をユキが『面白い』って言ってくれたから、俺はここまでやってこられたんだっ！　だから、俺を捨てないでっ！」

良太郎は言い切ってから雪栄の腰に文字通りすがりついた。

反対に雪栄は、リアクションが取れない。

一緒にいてくれと言われた。傍にいないと仕事ができないとも言ってくれた。良太郎は、自分の仕事のために俺が必要だから、傍にいてくれと……そう言っているのか？　いやいや、こいつはそんな腹黒いことを考える人間じゃない。少し不思議ちゃんで、他人の思いに鈍感で、でも素直で……。だから、今の台詞も、一番言葉にしやすいから出しただけだろう。難しい台詞や心情は、キーで打った方が早いと言っていたし……。

良太郎の言いたいことと彼の気持ちは分かる。

だが雪栄は、この状態で告白はできなかった。

良太郎は、あくまで「大好きな親友」として雪栄を見ている。それが再確認されてしまったのだ。

ここは「ずっと一緒だから心配するな」と、にっこり笑って言えばいい。

それが、できるだけ長く良太郎と一緒にいられる「呪文《じゅもん》」になる。

分かってても、雪栄は「優等生の顔」で笑みを浮かべることができなかった。それどころか、だんだん腹が立ってきた。

男同士だから告白しないで我慢しているのに、勝手なことを言って困らせるなと、逆ギレしそうになる。今まで何度も小さな逆ギレは自覚があったが、今回のは激しそうだ。

「ユキ……。何か言ってくれ」

「……言うことは別に」

「ごめん。俺が勝手なことばかり言うから」

「すぐ謝るな、ばか」

「ユキが機嫌を直してくれるなら、俺はいくらでも謝る」

良太郎は、正座した雪栄の太股に顔を押しつけ、「ユキに捨てられたら死ぬ……」とぶっそうなことを呟いた。

そこまで俺のことを思ってくれるのか。本当に嬉しい。告白して玉砕しても、立ち直れそうな気もする。

雪栄は、今にも死にそうな良太郎の呟きに激しく反応して、涙が出そうになった。お陰で、逆ギレしそうになった気持ちも瞬時に収まる。

「りょ、良太郎……あのな……」

「やばいな。俺はユキに凄く依存してる。……でもユキならいいか。ユキは俺のすべてを知ってて、俺のしてほしいことを全部してくれる。最高の存在だ。理想の嫁だ。ユキは俺の嫁ってことでいい？　他人に言って回るわけじゃないからそれでいいよな？　ユキ。だから……」

雪栄の耳には、そこまでしか聞こえてこなかった。だが彼はそれで充分だと思った。

たった今、巨大な地雷が爆発した。

爆心地は雪栄のハートの真ん中。

良太郎は雪栄の思いは知らない。雪栄が必死に隠してきた。何も知らない良太郎が雪栄の心の地雷を踏んでも、それは仕方のないことだ。ここで雪栄がどんなに怒っても、思いは伝わらない。

「だめだ……良太郎」

ちくしょう。真面目な顔で、俺を嫁と言うな。なんでそうなるんだよ。

雪栄は唇を噛《か》みしめて、首を左右に振った。

「え？」

「一生結婚しないで、男二人で暮らしていけるわけないだろう？　周りからあれこれ言われて、それで困るのは俺たちだけじゃない。家族だってあることないこと言われるんだ」

「何……言ってるんだ？　ユキ。いつものユキなら……」

良太郎は、雪栄が突然一般論を言い出したので、顔を上げて目を丸くした。

「俺たち、ちょっと距離を置いて生活した方がいいな。良太郎がそこまで俺に依存しているとは思っても見なかった」

冷たい言葉で良太郎が傷つく姿を見て、自分も一緒に傷つく。自虐的《じぎゃくてき》だと分かっていても雪栄はやめられない。

「なんでいきなり……」

「ここからいきなり出て行くことはしない。ただ、何もかも一緒というのはやめよう」

「いきなりじゃないかっ！　なんで今、そんなことを言うんだよっ！　やっぱりユキは、俺を捨てるのか？」

「そうじゃなく……っ！」

「だったらなんだっ！　いつもみたいに、バカな俺にも分かるように、簡単に簡潔に述べよっ！　できれば三十字以内でっ！　音声の長文読解は苦手だっ！」

良太郎は、お願いしているのに偉そうに命令する。

「言えるかよっ！　馬鹿っ！」

「言えよっ！　ちゃんと聞くからっ！　理解するからっ！」

「何で俺がお前の嫁にならなくちゃならないんだよっ！　理想の嫁だってっ？　気持ち悪いっ！　お前も俺も男で、結婚も妊娠も出産もできませんっ！　なのにお前ときたら……っ！」

雪栄は、自分の腰にしがみついている良太郎を渾身《こんしん》の力で引き剝がし、床に転がした。

「ユキは、俺がどんなにユキを大事に思ってるのか分かってないのか？　今も言ったっ！」

「聞こえなかったっ！　馬鹿っ！」

「逆ギレするなーっ！」

良太郎は床から体を起こし、雪栄を見上げて怒鳴る。

「言ってやるよ、三十字以内で。簡単だこんなの。俺はお前みたいな馬鹿じゃないから、答えなんて高校二年の夏にとうに出してるんだよ」

ここまできたら、もう止めようと思っても無理だ。

雪栄はじわりと目を潤ませ、のろのろと立ち上がる。

「高校二年の夏から、俺はお前を愛してる」

しんと静まりかえったキッチンに、雪栄の低い掠《かす》れ声が響いた。

良太郎が、ぽかんと口を開けて唖然《あぜん》とした。雪栄には、自分を見つめる良太郎の目が、いつもとまったく違うように見えた。あれは、信頼し敬愛している幼なじみの親友でなく、まるっきりの他人を見る視線だ。

雪栄はその場に崩れ落ちそうになるのを必死に堪え、良太郎をそのままキッチンに残して自分の部屋へ向かう。

「ユキ。なあユキ、俺の話を……」

良太郎の声が背中にかかる。どこか浮かれているように聞こえるのは、彼が緊張しているからだろう。そういうとき、上手く声は出てこない。

雪栄はそう思って、立ち止まらなかった。

部屋に入って後ろ手で鍵を閉める。

雪栄は両手で頭を抱え、その場に崩れ落ちた。

「馬鹿なのは俺か……」

なんで言ったんだよ、俺っ！　ああいうのは売り言葉に買い言葉、いつもなら適当に流してたはずじゃないか。なんで今日に限って……っ。

しかも雪栄は、はっきりと「愛している」と言った。

あんなシリアスな場面の後に、「なんちゃって」と済ませることができる人間がいたら、お目にかかりたいものだ。

きっともう……良太郎は俺と口を聞いてくれないんだ。どんなに性格のいいヤツだって、よそよそしくなるに違いない。口では「ユキの気持ちには答えられないけど、親友として一生過ごそう」と言いつつ、疎遠になっていくんだ。そういうものだ。

「どうしよう、俺……」

雪栄の声が震える。

共に過ごした二十五年分の思い出が、楽しくてたまらなかった三年の同居生活が、「愛している」の一言で跡形もなく消え去っていく。培った信頼も積み重ねた時間も、一瞬で消えた。

どうして我慢出来なかったんだろう。言っても仕方がないと分かっていたのに。今のままでいいと思っていたはずなのに……。会社の女子が頑張ったりするから、俺もどうにかなるかもと思ったのか？　それとも、彰一さんと再会してすぐ、あんなことになったからか？　でもそれはストレートには分からない欲求不満があって……。

雪栄は心の中でいいわけを考える。

何も浮かばない。

浮かばないばかりか、頭の中が次第に白くなって、急激に眠くなってきた。

雪栄は、これは現実逃避の前兆だと冷静に判断する。

何も考えずに泥のように眠ってしまえば、少しは楽になるだろうか。もしかしたら、今日の出来事はすべて夢なんじゃないか。これは夢で、俺はストレスでこんな酷い夢を見ているのかも知れない。努力もせずにとんとん拍子にここまできた、順風満帆な優等生だ。雪栄は、それが自分の運だと思っていた。自分は親友に惚れているという後ろめたい事実が、自分の運命のバランスを絶妙に保っているのだと思っていた。いや、これが夢なら、今でも思っていいはずだ。彰一と過ごした秘密の時間も、夢ならばあり得る。雪栄はあんな風に、良太郎以外の男に抱き締められたりしない。男に触れたい、触れられたいという思いは、良太郎にだけ向いているはずだ。自分は他のゲイとは違うのだと、雪栄は思っている。だから、全部夢にしてしまおう。このまま眠って、朝を迎えればいい。

ずるりと、雪栄の体が床に転がる。

彼は着替えることもベッドに行くこともせず、その場で目を閉じ体を丸めた。

スラックスから小さな振動音。

雪栄はくすぐったさに目を覚まし、無意識に手を動かして携帯電話を摑む。

寝起きで視界が定まらないが、目をこらして液晶画面を見ると、留守電とメール着信のマークが画面に現れていた。メールなど、十件も届いている。

なんだこれは。

雪栄はのっそりと体を起こした。節々が妙に痛い。どうして自分は床になど寝ているのだろうかと首を傾げた。

携帯電話の液晶画面に浮かび上がる時間は、午前三時。

件名　ごめんな

なんだろうこれは。とても嫌な予感がする。雪栄はしかめっ面で、本文を読んだ。

ああいうときのユキは何も聞いてくれないから、あえて追いかけなかった。俺も、ユキにちゃんと言いたいことがある。だから、しっかり言葉を選ぶまで待っててくれ。

「馬鹿……っ」

全部思い出しちゃったじゃないか。どうして朝まで寝かせてくれないんだよっ！　夢にしたかった。何もかも夢にして、何食わぬ顔でお前と朝飯を食いたかったっ！　良太郎の馬鹿、鈍感、お前にはデリカシーがないのか……っ！

夜中は物音や声が響くので、雪栄は心の中で良太郎に散々悪態をついた。そして、すべてのメールを開く。発信者はすべて良太郎で、内容はどれも似たり寄ったりだ。自分への謝罪と、メールに対する反応を待っている。

雪栄は「件名　要返信」のメールを無視して、画面を待ち受けに戻した。

しばらく携帯電話を指先で弄んでいたが、何か思うところがあるのか、深夜に電話をかける。相手は彰一だ。

自分からかけることはないと思っていたのに、もうかけている。

雪栄は電話を耳に押し当てたまま、ため息をついた。

コール七回で彰一が出た。眠そうな声で『はい……？』と言ってる。

「雪栄です。夜分遅く申し訳ありません」

低く囁くような声で名前を告げると、途端に電話の向こうの声が元気になった。

『何かやらかしたなユキ。緊急事態だろう？　しかも、俺にしか相談できないことだ』

彰一の声は楽しそうで、雪栄は不機嫌になる。

「あの……」

『そのうちかかってくるだろうとは思ったが、こんなに早いとは思わなかった』

「すみません、切ります」

雪栄は、いつもなら軽くいなせる言葉にさえ過敏に反応した。

『本当に切ってもいいの？　ユキ』

「……だったら、黙って俺の話を聞いてください」

『分かった。じゃあ、俺は黙っているから好きなだけ話しなさい』

「横から茶々入れないでくださいよ?」

『入れません』

「ため息とか、笑い声もいりません」

『……ずいぶんと用心深いな』

「馬鹿にされることに慣れてないんです。すみません。約束してください」

『了解』

彰一が低く静かな声で言い、それきり黙る。

雪栄は、良太郎との一件を順序立てて丁寧に語った。

「……それなのに、俺は自分の不注意で楽しかった日々を台無しにしてしまったんです。どうしてこれからのことを考えられなかったんだろう。俺は、良太郎の傍に居続けるためならなんだってしようと思っていた。きっとなんだってできたはずだ。なのに……」

彰一が口を挟まないので、雪栄は延々と独り言を言っているように聞こえる。

明かりもつけない暗闇の中、雪栄は急に切なくなって鼻の奥をつんと痛めさせる。

唇を震わせても声が出てこない。

『言いたいことはみんな言ったね』

彰一の優しい声。

雪栄の頬に涙が伝う。暗いし、相手は携帯電話の向こうだ。泣き顔を見られることはないから、いくらでも涙をこぼせる。

『ユキ。辛いなら俺のところへ逃げておいで』

それができたら、どんなにいいだろう。自分を好きだと言ってくれる男と一緒にいた方が、傷つかずにすむのだ。

「それは……」

『だって、そこで暮らしていけないだろう？　リョウの頭は混乱中らしいが、冷静になったら、ユキを傷つけないように断るにはどうしたらいいか考えるはずだ』

「そんなの……分かってる。良太郎は優しい。でも……好きな相手に同情されるなんてまっぴらだ。まっぴらなのに……でも、同情でもいいから傍にいてくれと思う自分もいる。最悪だ。プライドもないのか俺は」

雪栄は泣き声になっているのも構わずに、早口でまくし立てた。

『ユキ』

「彰一さんは、俺に告白したときどんな気持ちだった？　俺が、良太郎が好きなんだと言ったとき、どんな気持ちだった？　ずっと俺のことを好きだったんだろ？　どうなんだよ。

教えてくれよ」

『ただっ子だな、ユキ』

電話の向こうで彰一が笑う。

「笑うな。言えよ、言ってくれよ……」

涙が零れて止まらない。

雪栄は左手で何度も乱暴に顔を擦り、鼻を啜りながら彰一の声にすがった。

『誰かに愛してると言うのは、いつだって緊張するしドキドキするよ。でも、自分が焦って気持ちいっぱいになってる姿なんて、相手にしたら怖いだけじゃないか。だから、できるだけ隠す。経験を積めば、どうにかなると思う。……振られたときは、まあなんだ、仕方ないかなって。でも、俺が両親と一緒に引っ越しをせずにあの家で暮らし続けていたら、ユキは俺と付き合っていたよ。これは断言できる』

「なんで？　俺は……」

『だって俺は優しいもの。だからユキも、久しぶりの再会だっていうのに、会ってすぐに俺に心を開いてくれただろう？　自分がしてほしいことを、誰かにしてほしくてたまらなかった。しかし、赤の他人ではいやだ。セックスで発散したいなら女の子でもいいと思ってやっても、むなしいだけでどうしようもない。……でも俺ならどう？　ユキの幼なじみだ。しばらく日本を離れていたけれど、戻って来て、そしてユキと再会した。ユキにとって俺は、最高の相手じゃないか』

どうしよう。否定できない。お向かいの優しいお兄さん。遊びに行くといつも構ってくれた。大好きな年上の友だち。触られても不快感はない。

それでも雪栄は、「彰一さんのところへ行く」とは言わなかった。

「俺……良太郎に嫌われても……あいつのこと……」

『馬鹿だねユキ』

「もう……ばかでいい」

『良太郎を好きなまま、俺に慰められるの？　抱きしめてキスするだけで終わらないよ？』

彰一の囁きに、雪栄は唇を噛んだ。

他の男に抱き締められる心地よさを思い出す。

「俺は……自分がどうしたらいいのか分からない」

『だったら、無理に結論を出さずに曖昧な関係を続けよう。リョウだって、時間をかけて答えを出してくるだろうから、ユキもゆっくりしなさい。ただ、そのゆっくりしている間に、俺はリョウからユキを奪いそうな気もするけど』

彰一は、最後は陽気な声で締めくくる。

「彰一さん……」

『なんだい?』

「……話を聞いてくれてありがとう。凄く嬉しい」

『なんだよ、それ。俺を、ただのいい人にしないでね』

「分かってる。でも……言いたかった」

『あんまり泣くなよ? サラリーマン。土偶みたいな目で出社したら、周りにびっくりされるぞ』

雪栄は、土偶目の自分を想像して少し笑った。気持ちが落ち着いてきたから笑えるのだと思うと、彰一に心から感謝する。

『明日の夜、ケーキを買いにおいで。今度は切れ端じゃなくて、真ん中をあげるから』

「売り切れになりませんか?」

『特別に、取っておいてあげよう。今回だけだよ?』

「彰一さん」

『ん? なんだい?』

「あなた……もの凄くモテるでしょう?」

『さあ、どうだろうな』

「モテますよ。……じゃあ俺は、そろそろ寝ます。お休みなさい」

雪栄は、彰一の「おやすみ」を聞いてから電話を切った。

ほんの少しだけ気が楽になった。少なくとも、「全部夢にしておこう」という現実逃避はない。告白はうかつだった。なかったことにできないなら、まずはこれからどうやって良太郎と顔を合わせていくか、それを考えよう。

もしかしたら、良太郎は二度と目を合わせて話をしてくれないかも知れないが。

雪栄は顔を洗うように両手で乱暴に顔を拭《ぬぐ》い、ようやくパジャマに着替え始めた。


翌日の雪栄の顔は、案の定酷いことになっていた。

それでもどうにか、ビニール袋に冷凍庫の氷を入れてまぶたを冷やすという付け焼き刃の処置で、ぽってりしていた一重まぶたが、うっすら二重に変わった。

雪栄は脱衣所のドレッサーで歯磨きをするついでに、鏡で顔も確認する。一重でツリ目だと人相が悪いと心配していたが、これならどうにかなりそうだった。

……それにしても、良太郎は朝が遅くてよかった。気持ちは落ち着いたが、実際にあいつの顔を見たら自分がどうなるか想像できない。

キッチンには、夕べ良太郎が作った味噌汁が、手を付けられずに置かれていた。炊飯器を開けると、飯も炊いたままだった。

冷蔵庫にはソレイユのケーキが三つ残っている。良太郎はきっちり半分食べたようだ。

雪栄は、良太郎が用意していた飯と味噌汁、それに焼き海苔と漬け物で朝食を済ませた。

味噌汁は少ししょっぱいが、まずくはなかった。このまま練習を続ければ、良太郎はとても旨い味噌汁を作れるようになるだろう。

……だから俺は、良太郎に料理を覚えてほしくなかったんだ。あいつは俺よりも凝り性だから、きっと俺より上手くなる。俺はどんどん仕事を奪われて、最終的に「一緒にいるメリットなんてあるの？」と思われてしまう。良太郎のために一生懸命頑張ったのに。

雪栄は、また泣き出しそうになり、慌てて顔に氷の入ったビニール袋を押しつけた。


心にダメージを受けていても、それを会社で見せるわけにはいかない。雪栄はいつも通り「冷静だが人当たりのいい山咲さん」の仮面を着けて、一日をやり過ごした。

とにかく早く退社して、彰一の店に行きたい。それだけを考えて、雪栄は仕事を続けた。スーツのポケットに入っている携帯電話は、相変わらず不定期にバイブレーター音を響かせる。

朝から数え切れないほど。見なくても分かる。すべて良太郎からだ。

「味噌汁を飲んでくれて嬉しかった」「あのケーキは凄く旨かった」「今夜は、ユキの作った料理が食べたい」など、昨日の雪栄の重大発言には一切触れていない。触れられても泣きそうになるが、ここまで綺麗さっぱり無視されると、それはそれで切なかった。

それでも、と、雪栄はトイレの一番奥の個室に入って洋式便器の蓋を閉め、それを椅子代わりにして良太郎からのメールを読む。

ぎこちなく距離を置かれるよりはましかもしれない。俺は何も期待をせずに待っていればいいんだな。いつも通りに……って、それだとむしろ、良太郎にプレッシャーがかかるんじゃないか？　それとも……。

雪栄はため息をつく。

良太郎と顔を合わせるのは帰宅してからだ。その前に彰一に会って、優しい言葉をいっぱいかけてもらえばいい。

「……最低だ」

これでは、迫られても拒めない。それとも「優しくしてくれたから」を口実に、自分は彰一と関係を持ちたいのか。

雪栄はしかめっ面で携帯電話をスーツにしまった。

同性と関係を持ちたいかと問われれば、答えはイエスだ。だが雪栄は、知らない相手は嫌だし、ゲイ密度の高い場所では違和感を感じるので、出会おうにも出会いがない。そもそも大好きな良太郎以外とセックスしたいとも思っていない。矛盾だらけの思いだ。

だが彰一は、雪栄の我が儘と矛盾をすっぽりと包み込んだ。優しいだけじゃないと言いつつ、雪栄を気持ち良く甘やかす。これが彼の「作戦」だとしても、雪栄は差し出された手を拒むのは難しかった。

「……ようは、美味しいところだけを取りたいんだ。俺は」

思わず口から出てしまった言葉に、雪栄はぎくりとした。

図星だった。

洋菓子店ソレイユに行くと、半分閉まったシャッターに、「本日売り切れ」の紙が貼ってあった。

雪栄が腕時計に視線を落とすと、午後六時。後ろを通っていく主婦たちが「また売り切れよ」「開店と同時に行かなきゃ無理なんじゃない？」と半分呆れ声を出していた。

雪栄は主婦たちに急に申し訳なくなって、彼女たちが見えなくなるまで待ってから、こっそり店のシャッターをくぐる。

すると目の前に、モップを持った彰一がいた。

「やあ。お帰りなさい」

「た、ただいま……？」

「なんだ、その疑問符は。ケーキはご覧の通り完売だが、ユキの分は残してあるよ。イチゴのショートケーキはユキの大好物だろ？」

彰一は頭に巻いていたバンダナを取って、モップを壁に立てかける。ショーケースの中に、小さなケーキボックスが一つ入っていた。それが雪栄用だろう。

「イチゴのショートケーキが好きなのは、俺じゃなくて良太郎ですよ」

「うっそ。俺の知る限りじゃ、ユキだったけど？　俺が、ユキとリョウに自分で作ったイチゴのショートケーキを食べさせてたとき、リョウに飾りのイチゴを食べられて泣いたじゃないか」

「……子供の頃の話でしょう?」

雪栄は苦笑して首を左右に振った。

大好きな良太郎にケーキのイチゴを取られたって? 俺はそんなことは覚えていないぞ? というか……彰一さんの創作じゃないのか?

どんなに頑張っても、ケーキの飾りで喧嘩《けんか》したことは思い出せない。雪栄は最終的に、彰一の持っている記憶がいくつか混ざっているんだろうと思った。

「やっぱりそれは、話がゴチャゴチャになってると思いますよ、彰一さん」

「そう? でも、リョウと同じ話で盛り上がったんだよ?」

なんで良太郎がそんなことを? というか彰一さん、良太郎と話をしたんだっ!

彰一の呟きに、雪栄は目を丸くした。

「目玉が、夜の猫の目になってる。黒目がでかい」

「冗談を言ってる場合じゃないです。良太郎が言ったって? いつ? 子供の頃?」

「今日だよ。あの子、ずいぶん大きく育ったねえ。ジャージの上にジャンパーでサンダル履きだったけど、モデルみたいに綺麗だった」

撮影でもないのに、ジャージ姿のモデルがいるかっ! ……ったくあの馬鹿っ! 外に出るときは、せめてデニムを穿《は》けと言っただろっ! 部屋着で商店街に行くなっ!

雪栄は、そのときの良太郎の姿が想像できた。彼は「みっともない」と言って、良太郎が部屋着のまま外に出るのを許さないが、良太郎は「面倒くさい」と言っては雪栄の目を盗んでだらしない恰好で外に出ていた。せいぜいコンビニエンスストアまでだが。

「……変質者と思われたらどうする」

「そこまで酷くなかったよ？　ただ、ユキと違ってすぐにリョウだって分からなかった。どんなケーキが欲しいか話しているうちに、リョウだって分かったんだ」

「俺のことはすぐに分かったのに？」

「ずっと好きだった子の顔を忘れてどうするの？」

彰一は苦笑を浮かべ、「手を洗ってくるから待ってて」と言ってカウンター後ろの厨房に入った。

良太郎がここに来て彰一さんと話をしたのか。あいつ、どうやってこの店の場所を知ったんだ？　ジャージ姿で商店街をうろついたのか？　最悪だ。マンションに帰ったら、ちゃんと叱《しか》ってやらなくちゃ。そんなにデニムを穿くのが嫌なら、もっと穿きやすいパンツを捜してやって……。

雪栄があれこれ考えていたところへ、彰一が戻ってくる。

「この中に入ってるのは、イチゴケーキのホールだ。でも小さいから、男二人で食べられるよ。真ん中から切ると、豪華なイチゴのショートになる」

彰一はショーケースの中にあるケーキボックスを指さした。

「取って置いてくれてありがとうございます。……おいくらですか？」

「税込み八千円でいいよ」

「……え？」

ホールと言えど、ずいぶん小さそうなケーキが、一つ八千円。

スラックスのポケットから財布を出そうとしていた雪栄は、頬を引きつらせて動きを止めた。担がれているんじゃないだろうかと、おそるおそる彰一に視線を向けると、案の定彼はにやついている。

「彰一さん……」

「ごめんね。うそうそ。四千円です」

「それでも強気の値段ではないかと」

「食べたら、0を一つ付け足してもいいんじゃないかって思うよ。……これはちょっと大げさだったかな？」

「それは……分かると思います。あの味なら。でも男というのは、女の子みたいに小さな甘い物に千円札を何枚も出す習慣があまりないから……つい驚いてしまって。その、すみません」

四千円を渡して素直に謝る雪栄に、彰一はあっけらかんと笑って、ショーケースの中からケーキボックスを取りだした。

「リョウがね、『ユキは昔からイチゴのショートが大好きなんですよ。だから、それを買って帰りたくって。ちょっといろいろあったから……元気になって欲しいんです』って言ってたけど、俺がユキにイチゴケーキを渡すつもりだったからチョコレートケーキを勧めておいた」

「なんで良太郎まで、俺がイチゴのショートを好きだと誤解しているんだ？　あいつはケーキを食べるとき、絶対にイチゴのショートなのに……」

首を傾げる雪栄の前で、彰一が「ユキが何かを誤解してるんじゃないか？」と呟く。

「誤解するようなことなんて、一つもありません。……ああそうだ、このケーキを写真に撮ってブログにアップしてもいいですか？　俺、『二人暮らしの男料理』っていうブログを持っていて……」

「それもリョウから聞いた。凄く旨そうな料理をアップしてるブログなんだってね。今度見に行くよ」

「……久しぶりに外に出て知ってる人間と出会ったから、あいつ……おしゃべりになってますね。他に何か言いませんでした？　俺の知らないところで、どんな愚痴を言ってるのか知りたい」

雪栄は、彰一にずいと顔を近づけた。情けない独占欲だと自覚している。

「待っているお客さんが何人もいたから、そういう話はしてないよ。安心して」

「安心って……っ……俺は今、あいつに捨てられるかどうかの瀬戸際なんですよ？　安心なんてできますか」

「じゃあ、慰めてあげるから」

優しい囁き声に、夕べの抱擁《ほうよう》と首すじへのキスが蘇《よみがえ》る。

雪栄は目尻を染めて顔を逸らし、「そういうつもりじゃない」と小さな声で言った。

優しい言葉が欲しい。雪栄はそれを求めてここにやってきた。

「ほらユキ。俺のマンションはここからすぐだから……ね？」

彰一はそう言って、雪栄の傍に向かった。

「俺は……好きな人としか、そういうことは……」

雪栄は、ショーケースの上に置かれた小さなケーキボックスに視線を移す。

「心は良太郎に残しておけばいい。だから俺には、まず体をちょうだい」

ふわりと、彰一の指先が雪栄の頬に触れる。

雪栄は緊張に体を強ばらせたが、彰一の手を払いのける真似はしなかった。

「可愛いユキ」

「俺は……可愛くなんか……っ……」

彰一の指が、雪栄の頬から顎《あご》に移り、そこから今度は耳の後ろへと移動する。

「そこ……いやだ……っ」

耳たぶや耳の後ろを指先でそっと愛撫されると、あまりの心地よさに体に鳥肌が立つ。

雪栄は彰一を拒まなくてはならないのに、彼の意地悪な指に翻弄された。

「ここが弱いのは、もう知ってるよ。……ふふ、まだキスマークが残ってる。ちょっと強く吸いすぎたね。ごめん」

その言葉に、雪栄は眉間に皺を寄せた。

良太郎と口論になって、思わず告白してしまった原因の一つが、このキスマークだ。恋人のキスマークだと誤解されたあとの怒濤《どとう》の展開は、思い出すだけで果てしなく落ち込める。

「あ、あなたが……っ……こんなことをしなければ……っ……俺は良太郎とずっと一緒にいられたんだ……っ」

「だから、可哀相なユキに責任を取ってあげる。……愛してるよ、ユキ。ユキの知らないことをなんでも教えてあげる。俺についていてくれれば、なんの心配もなく幸せな一生を送れるはずだ」

自信過剰だ。しかし、自信に満ちあふれている彰一が言うとその通りになりそうだ。雪栄の心がぐらりと揺れる。

彰一ならば、雪栄を思う存分甘やかせて泣かせたりはしないだろう。一緒にいてもいいのだろうかと、いつも心配する必要もない。

「俺……彰一さんの恋人だったらよかったのにな」

雪栄は、彰一の手に頭を擦りつけて甘えながら呟く。

「何言ってるの？　今からでも遅くないよ。俺の恋人になりなさい。一生かけて愛してあげる」

「でも俺は……良太郎が好きだ。小説を書くこと以外は何もできないけど、その才能が凄い。俺は……あいつの傍であいつを支えて……一緒に生きていきたい。でも……もう」

人前で泣くなんて恥ずかしい。それに散々、昨日の夜に泣き倒したじゃないか。

けれど雪栄の目からは、ボロボロと涙が零れ落ちる。

「何もなかったかのように接してくるあいつと、上手く暮らしていけるか分からない。でも、嫌われても気持ち悪がられても、あいつの傍にいたい。俺のできることをしてやりたい」

「ユキ」

昨日と同じ温かい腕が雪栄の体を抱き寄せた。

「泣くほど好きでも……どうにもならないことはあるんだ。それを覚えなさい」

「そんなの……無理だ……。ずっと一緒に……生きてきたんだ。ずっとずっと好きだった。あいつのためになんでもしてきた。努力した。良太郎とキスして、抱き締め合って、同じベッドに入ることばかり考えてた。何年もだ。それが……全部なくなるなんて……まったく報われないなんて……」

そんな残酷な現実を、今の俺に突きつけないでくれ。

雪栄は彰一の肩に顔を押しつけ、彼の背に腕を回した。

「ゲイだからってわけじゃないよ？　ユキ。成就されない思いをいつまでも引きずるな。心を切り替えないといつまでも辛いのはユキだよ」

「そんなの……分かって……」

本当に、こんなに風に抱き締めたい相手は別にいる。けれど今、雪栄を助けてくれるのは彰一の腕だった。

「ユキには俺が必要だ。……ね？　リョウは、こんな風にユキを甘やかせることはできないよ？　分かっているだろう？」

耳元に囁かれる彰一の声に感じて、雪栄は声を漏らしそうになる。彰一は雪栄の耳にキスをしながら、スーツの上から彼の背中を撫で回した。

「俺は……そういうつもりで来たんじゃなくて……っ」

「うん。ユキは優しい言葉がほしくてここにきたのは分かってる。でも、こんな風に俺に触られても嫌がらない。ちゃんと感じてくれてる」

彰一の指がスラックスの上から尻の割れ目を辿り、背後から雪栄の下肢を責めた。

「あ……っ……いやだ……そこは……っ」

布越しに後孔と会陰を指で刺激され、雪栄は目を丸くして抵抗する。

「俺と二人きりで会ったら、言葉だけじゃ済まないってわかってたのに、でもユキはやってきた。昨日は大したことはできなかったけど今日は違う。うんと気持ち良くしてあげるから、難しいことは忘れてしまえばいい」

快感で我を忘れたいのは否定しない。

だが雪栄は、自分を無条件で優しくしてくれるだろう両手を振り払う。

「本当に……だめだ……だめなんだ彰一さん。すみません……俺は今……誰とも……何もできない。……俺、頭がいいはずなのに……整理できてなくて、怖くて、メチャクチャで。

だから……本当にすみません。ごめんなさい……ごめ……っ」

雪栄は力任せに彰一から逃れ、距離を置き、頭を下げる。

床に涙が落ちていくのが見えた。

「まったく」

彰一が呆れ声を出す。

「俺ってどうして、好きな相手には優しいんだろうなユキ。早く泣き止まないと、可愛い顔が台無しになるよ?」

雪栄がおずおずと顔を上げると、彰一は呆れ顔で微笑んでいる。

「あと一分でここから出て行かないと、俺はユキを押し倒して強姦《ごうかん》しちゃうぞ?」

「……え?」

「早く帰って、ケーキの感想をブログにアップすること。俺の店を宣伝しなさい。いいね?」

「ええと……」

「あと三十秒しかないんだけど、ユキは俺に強姦されたいのかなあ」

「ありがとうございましたっ!」

雪栄は左手で顔を擦りながら、何度も頭を下げる。そして、大事なイチゴショートの入ったケーキボックスを慎重に持って、彰一の店から出た。

彰一は、良太郎が雪栄に元気になってもらうためにケーキを買いにきたと言った。ならば、少なくとも無視をされることはないだろう。

雪栄は掌に汗を掻きながら部屋の鍵を開け、ドアノブを回してゆっくりと開いた。

「ただい……」

「ユキ――――――――――――――――っ！」

雪栄が最後の「ま」を言い終える前に、良太郎が彼の腰にタックルする。

「ふぐ……っ！」

その衝撃で、雪栄は鉄製のドアに頭と背を打ちつけた。目の前に一瞬、星が見えた。

良太郎は相変わらず雪栄にしがみついたままだ。

「捨てられたかと思ったたっ！　ユキが帰ってきてくれて、本当にありがとうありがとうっ！　俺は嬉しくて頭が破裂しそうですっ！」

それよりも、いろんな意味で俺の頭が破裂しそうです……。なんですか、この大歓迎っぷりは。俺の想像の斜め上です。さすがは作家と言うべきか。

雪栄は、「ユキ、ユキ」と自分を呼びながらしがみついている二十五歳の美貌《びぼう》の「幼稚園児」を見下ろし、長く深いため息をついた。

「俺は今日……久しぶりに外に出かけて……旨いって噂のケーキ屋に行ったら……そこに彰一さんがいてびっくりして。ユキも覚えてるよな？　彰一さん。スッゲー優しくて格好良かった、向かいのお兄さんっ！　母さんたちが言ってた『懐かしい人』っ！　その人が今　パティシエなんだって。俺、ユキのためにチョコレートケーキ買ってきた。イチゴのショートは売り切れだったんだ。ごめん」

良太郎の口調から、どうやら彰一は雪栄とすでに出会っていたことを良太郎に言ってないようだ。

でも雪栄はそんなことは気にしなかった。

良太郎が、「捨てないでくれ」とすがりついてくれることの方が大事だった。

「俺、さ。ユキが昨日買って来てくれたケーキ……腹が減ってユキの分まで食べちゃったんだ。でもほら、今日は俺が買って来たから」

良太郎の顔は「怒らないで」と言っている。雪栄は笑って「分かったよ」と頷いた。

昨日のように、てっきり目を逸らされると思っていたが、今日の良太郎は目を逸らすどころか正面から雪栄を見つめてくる。

「あの、な……良太郎」

「うん」

「俺も実は……ケーキを買って来たんだ。イチゴのケーキ。ホールで」

雪栄は照れくさそうに、ケーキボックスを持ち上げた。

「あれ？　ソレイユ？　それって、彰一さんの店？　……あれ？　俺は今、何か大事なことを見落としている」

良太郎はそう言って雪栄から離れ、キッチンに向かって走った。そしてすぐさま、大声を上げる。

「ユキ……っ！」

良太郎は顔を真っ赤にして雪栄のところに戻って来た。

「ど、どうした……？」

「ユキは俺よりも一日早く……彰一さんに会っていたのか。言ってくれればよかったのに。俺、後ろに何人も客がいるところで、ユキがユキがって、長話をしてしまった」

想像できる。待っていた人々は、良太郎があまりに綺麗だから面と向かって文句を言えずに、「察してよ」というオーラをまき散らしていたに違いない。だが良太郎はそういうことに鈍いので、彰一が「次のお客様が」と言うまで延々と話をしたのだろう。

「良太郎……あのな」

雪栄が口を開いた瞬間に、良太郎は両手を前に出して「ストップ」と体で表現する。

「ここから出て行くとか、そういう話なら聞かないからっ！」

真剣な顔で大声を出す良太郎に、雪栄は「違うよ」と苦笑した。

「俺と……な、ちゃんと話をしてくれて……ありがとう。メールも……凄く嬉しかった」

なのに俺は、お前に嫌われたらどうしようとか勝手に落ち込んだり、彰一さんのところへ行って優しくしてもらおうとしたり、本当に最低の男だな。お前とは大違いだ。

雪栄は頬を染め、「俺が言ったことは気にしないでくれ」と目を逸らす。

「ばか」

いきなり馬鹿と言われて、雪栄の思考が停止する。

雪栄が良太郎に「馬鹿」と言うことはあっても、その逆はありえない。雪栄の頭の中ではそういう規則になっていた。

「な、何を……」

「ずっと心の中にあった気持ちを口に出したのに、気にするなと言うな。言われた俺が責任を持って答えると言ってるんだから、言ったユキも責任を持って待ってろ」

なんだその理屈は。

　雪栄は、良太郎のメチャクチャな言い分に苦笑する。だが次第に、良太郎を見ていた視界が歪《ゆが》んだ。

「待ってたって……いいことなんか……」

「そんなの……分かんないだろ。俺は今、仕事以外はだめな脳細胞を駆使して、どんな言葉を使おうか必死に考えてるんだ。ユキの馬鹿。鈍感すぎる。今までの俺の言葉は何も伝わってないのか？」

「伝わってって……いや、その……」

「視線を逸らさないで前向きになれっ！　いつもの自信はどうしたっ！」

　良太郎は真剣な顔で雪栄に両手を伸ばす。そして、力任せに抱き締めた。

　雪栄の手から、ケーキの入った箱が床に落ちる。

「離せ」

「なんで？」

「気持ち悪くないのかよっ！　俺は、お前が好きだと言った男だぞ？　好きだと自覚してから……ずっと……お前の傍にいる方法ばかりを考えてた気持ちの悪い男だ……っ！」

　途端に、雪栄を抱き締める良太郎の力が強くなった。

「俺は、ユキが傍にいないと何もできないって言ったじゃないか。俺にとってユキは大事なんだっ！　だから、自分で自分の事を気持ち悪いとか言うなっ！　馬鹿っ！」

頼むから、それ以上は言わないでくれ。俺は、お前の前でだけは泣きたくないんだ。弱いところは、できれば一つも見せたくない。だから、良太郎……。

雪栄は必死に涙を堪え、良太郎の体温を感じる。

これが、自分の一番欲しいものだと自覚し、自分の体に記憶させる。

「なあユキ。俺は……ユキをなくしたくないんだ。……だから、待ってて」

「どんなに考えても、だめなものはだめだ。……そういうものだろう？」

「ユキっ！」

良太郎は雪栄の両腕を摑んで自分から引き剝がし、険しい目で雪栄を見た。

「なんだよ。この、馬鹿力。痛いから……離せ」

「離さない。ユキとちゃんと話がしたい」

「きれい事ばっかり言うなッ！　この大馬鹿がっ！　俺と一緒にいたいっていうお前の気持ちと、お前がお前を愛してるって気持ちは平行線っ！　絶対に交わることはないっ！

お前がゲイにでもならない限りなっ！　はっ！　それとも俺に性転換しろって？」

喧嘩はしたくないが、泣くのを我慢していると悲しみが怒りに変わっていく。

雪栄は両腕を摑まれたまま、良太郎に次から次へと悪態をついた。

「本当にもう……ユキがこんなに鈍感だとは思わなかった。呆れを通り越して感動する」

良太郎は微笑した。慈愛の微笑。その微笑が綺麗すぎて、雪栄は見惚れてしまう。

「何を言ってるんだ？　良太郎。俺が言った性転換は……あれはもちろん冗談で……そりゃ、そういう冗談はよくないと知っているが、つい口から出てしまったもので。だから鈍感とはわけが違う……」

雪栄は、微笑を浮かべて自分を見ている良太郎の視線が恥ずかしくて、思わずそっぽを向いた。

「俺は、ユキに感動してもらおうと、どんな言葉でイエスと伝えたらいいか必死に考えてたんだよ？　それが、どうしてこうなっちゃうのかな」

「良太郎は……何を言ってるのかな？　独り言にしては、ちょっと大きいと思うんだが」

「ユキ。ユキは俺のミューズだ。芸術を司《つかさど》る女神。俺の才能を常に輝かせてくれる」

良太郎の奇妙な言い回しは今に始まったことではないし、それなりに理解してきた。だが今はどうだ。雪栄は良太郎の言葉の真意がさっぱり分からず、背中に嫌な汗を流す。

「良太郎……？　何をどう決めたんだ？　俺への返事か？　だったら……一日の終わりにしてくれ。一緒に食事をして、ケーキを食べて、そのあとに……」

今夜は親友として食卓を囲んでくれ。きっと明日から、単なる知人になるのだから。

後ろめたい恋を十年近くも続けているのだから、後ろ向きな考えになっても仕方がない。

「いや。俺は今言いたいんだ。ユキ……俺はユキが好きだ。愛してる」

美しい微笑みを浮かべた良太郎の、形の良い唇から出てきた言葉は衝撃的だった。

雪栄の目が驚いたときの猫の目のようにまん丸になる。

宣言した良太郎は、自信に満ちあふれていた。

「ゲイといっても、俺はユキ専用だから。大丈夫、絶対に浮気なんてしない。ユキ以上に俺のことを考えてくれている人間なんて、この世にいないんだから」

「この……馬鹿良太郎っ！」

雪栄は良太郎に腕を摑まれたまま、目を三角にして怒鳴った。

「なんでそう簡単に……男に告白するっ！　しかも俺のためだと？　馬鹿じゃないかお前ッ！　俺のためになんか……そんなことしなくていいっ！」

「怒らないでユキ。……ちゃんと考えた。延々と何日も何週間も考えれば言い答えが出てくるとは思わない。自分が何をどうしたいのかを明確にすれば、答えなんてすぐ出てくるんだ。天啓だ。そういうもんだ。俺の人生はユキが傍にいてくれないと成り立たない。これが一番大事。ユキの傍にいるのが一番気持ちいい」

良太郎は、「もっとカッコイイ台詞にしたかった」と真面目に悔しがる。

「本当に……お前は馬鹿だ」

俺と一緒にいたいから好きになるってことだろ？　もっと時間をかけて考えろ。そんな天啓、どこかに捨ててしまえ。俺が十年近く悩んでいたことを、いとも簡単に……。ばか。良太郎のばか。……どうしよう、大好きだ。

雪栄は良太郎を見つめたまま涙を零す。泣くのは二度目だが、二度目はもしかしたら嬉し泣きだ。

「ユキの泣き顔……初めて見た」

良太郎の声に、雪栄は慌てて両手で顔を覆う。

「み、見るな……っ。こんな……男の泣き顔なんて……みっともないだけで……っ」

絶対に見せたくなかった泣き顔だ。雪栄は恥ずかしくて首を左右に振った。

「幼稚園の頃から……ユキは何があっても泣かなくて、それが凄いなと思ってた。その分、俺がいつも何かで泣いてたんだよね。……もっと見せてくれよ、ユキの泣き顔」

好奇心と喜びと驚きの入り交じった良太郎の声が、雪栄の羞恥心《しゅうちしん》をますます煽る。

「ばか……っ……いやだ……っ」

「俺と一緒に暮らせるから、嬉しくて泣いてるの？　ユキ……」

良太郎は雪栄の体を引き寄せ、彼の耳に「答えて」と甘く囁いた。

馬鹿。こんな風に囁かれたら、俺はそれだけでイッちまうだろ……っ！

雪栄は両手で涙を拭いながら、「そうだよっ」と乱暴に答える。

「よかった。……俺も嬉しい。男との体験はないが、これから勉強していくから待っててくれ。宣言したらスッキリした」

「……俺は、そんなにさっさと物事を決めてしまうお前の性格が……心配でならない」

雪栄は良太郎の肩に額《ひたい》を置き、ふと自分よりも彼の身長の方が高いことに今頃気づいた。

「そう？　俺は、ユキが傍にいてくれるから安心してる」

「俺は、一時の感情に突き動かされて取り返しのつかない判断をするなと、そう言いたいんだ。そ、それに……愛してるとか言うな。凄く……恥ずかしい」

雪栄は良太郎の腰に両手を回し、きゅっと優しく締め付ける。

「俺は、ユキ以外の男に触られたくないから。だからユキ専用でいいんだ。これからユキは、好きな時に俺にベタベタ触っていい。俺もユキに触る。分かった？」

なんだこいつ。俺の方が「同性恋愛の先輩」なんだから、俺に主導権を握らせろ。勝手に決めるな。ついさっきまでストレートだった男が。俺を愛してるとか言いやがって。絶対に幸せにしてやるから。ばか。良太郎。大好き。

雪栄は心の中で、悪態なのか愛の言葉なのか判断が難しいことを呟きながら、鼻を啜る。

「ユキ。……もう泣かなくていい」

良太郎の手が、なだめるようにユキの背中をそっと叩く。

「泣いてなんかない」

雪栄はそう言い返したが、良太郎の肩がどんどん濡れていくので泣いていることがバレてしまった。


一気に二人の距離が縮まり、部屋の空気が柔らかくなった。

雪栄は、冷凍庫から豚肉の塊を出して解凍し、一口大に切っていく。それを甘辛いタレに漬けた。豚肉が浸かるまでの間に野菜を一口大に切る。

「良太郎、パイナップルはどうする？　いやなら、代わりにぎんなんを入れるけど」

「パス。ぎんなんがいいです。あと、ウズラの卵も入れて」

良太郎はダイニングテーブルの上にランチョンマットを敷きながらリクエストした。

「ウズラの卵？　俺が作るのは八宝菜じゃなくて酢豚だ」

「最後にさっと、タレに絡めてよ。俺、ウズラの卵が好きだ」

「知ってる」

雪栄は軽く頷くと、食料棚からウズラの卵とぎんなんの缶詰を取り出した。

「飲み物は野菜の中華スープでいいだろう？」

カウンタの向こうから声をかけてくる雪栄の元に、良太郎が駆け寄る。

「俺はユキが作ってくれるものは、なんでも好きだ」

「……そうか。分かった」

雪栄は視線を泳がせて、良太郎の顔を見ない。

反対に良太郎は、「どうして目を逸らすの？」と身を乗り出して雪栄を見た。

「ば、馬鹿……。そんなに顔を近づけるな……っ……」

「嬉しくないの？　ユキ。キスしてもいいよ。……そうすると俺は、男とのファーストキスもセカンドキスもユキになるのか。はは。なんだこれ。照れる。受ける」

ちょっと待て。今俺は、もの凄いことを聞いたような気がいるんだが。

雪栄は、驚いて振り回しそうだった包丁をまな板に置き、怪訝《けげん》な顔を良太郎に向けた。

「ん？　どうしたの？　ユキ」

「その……俺とのファーストキスの話を聞かせてくれないか？　いつだ？　俺はまったく覚えていない」

「あー……、仕方ないと思う。だってユキは、はしかで熱出して寝てたもの。うちの母親が、『リョウも今のうちにはしかになってほしいから、ユキちゃんからもらってこい』って、俺……ユキの部屋に一緒にいたんだ」

雪栄は、そのときのことをよく覚えていない。ただ、小学校の二年か三年のときにはしかが流行して、学級閉鎖になったクラスが多かったのは覚えている。

「俺がお前に移したのか？　え？　口移し？　うそ」

しかめっ面をする雪栄の前で、良太郎は違うよと笑う。

「ユキは熱を出してて、凄く苦しそうだった。だから俺は手を握ってあげたんだ。そしたら急に、俺の腕を引っ張って……」

苦し紛れに寝返りを打とうとした雪栄の上に、良太郎は乗ってしまったようだ。その時、二人の唇が触れ合ったのだという。

「なんだ。単なるニアミスだ。キスのうちに入るか、それが」

「うん。俺もずっと忘れてた。でも……思い出したんだ。ユキの唇は柔らかくて熱くて、気持ち良かった」

馬鹿。真顔で言うなよ恥ずかしいっ！

雪栄は良太郎の前で首まで真っ赤になった。

「それくらいで赤くなるか？　ユキ。いつもと違う」

そりゃあ違うだろう。だって今夜は……良いことばかり起きてる。

雪栄は顔を赤くしながら「こんなこともある」と悪態をついた。

「なんかさ……俺たち新婚さんみたいだね」

なんでそう、俺が喜ぶ言葉をさらりと言うんだ、こいつはっ！　天然ボケ気質ってヤツはっ！　そんな深い意味で言ってるわけでもないだろうにっ！

雪栄は、心の中で嬉しさのあまり転がり回る。

「ねえ。ご飯が終わったら一緒に風呂に入る？　新婚だし」

「え……っ！」

そんな嬉しいことを真顔でいうな。いや……ちょっと待てっ！　いきなりすぎだろっ！

もっと時間をかけてゆっくりでいいじゃないかっ！

雪栄は今度は耳まで赤くして「早急だ」と呟く。

「恥ずかしいのか、そうか。了解。……まあ、ユキはずっと俺の傍にいるんだから、別に急がなくてもいいか。俺がもっとゲイに慣れてからにしようね」

良太郎はそう言ってから「俺が手伝えることは？」と尋ねた。

「大人しく座って待ってろ。ゲームをしててもいいぞ」

「じゃあここでユキを見てる。ユキが料理を作っているところを見るのは楽しい。そうだ、写真撮ってもいい？　後ろ姿ぐらいなら、ブログに載せてもいいんじゃないか？」

今まで何度も言われた言葉なのに、今日は無性に照れくさくて嬉しくて恥ずかしい。

雪栄は赤い顔のまま「好きにしろ」とぶっきらぼうに答えた。


夕食を終えたテーブルの上に、今度は二種類のケーキが並ぶ。一つはチョコレートケーキ。男なら二口で食べ終わってしまうだろう小さなものが四つ。もう一つはホールケーキ。

……とはいえ、大きさは雪栄の掌サイズだ。

「豪華だな。俺たち二人なら全部食べられる量だけど、カロリーは一体……」

良太郎は全部食べる気満々で、雪栄が淹れた紅茶を一口飲む。

「食べ終わったら散歩にでも行くか？」

その途端、良太郎は渋い顔で首を左右に振った。

「俺はそういう単純な動きは嫌い。マラソンも苦手。飽きる」

「一度ぐらいランナーズ・ハイを体験してみろ」

「ライターズ・ハイなら何度も体験してるのでいいです」

「へえ。作家にも、そういう現象が起きるのか？」

雪栄は面白そうに言って、まずはチョコレートケーキにフォークを突き刺した。

「うん。俺は、世界で自分が一番の作家みたいな気分になって、とにかく頭が働く。指の動きにキーの反応がついていかなくて変換ミス暗号が発生するけどね」

良太郎はイチゴケーキのホールを端から攻める。

「やっぱりイチゴのショートが好きなのはお前じゃないか。これはホールケーキだけど」

雪栄はチョコレートケーキのビターな旨さに舌鼓を打ち、良太郎に笑いかけた。

「違うって。俺はもともと、ケーキはあまり好きじゃなかったの」

じゃあ、今大口を開けてケーキを頬張っているのは、どこの誰だ。旨そうに食べてるじゃないか。

雪栄はしかめっ面で良太郎の顔を覗き込む。

「お前のことで、俺が知らないことなどないはずだが」

「はは。……俺は甘い物はあまり好きじゃなかったの。でも、目の前でユキが旨そうにイチゴのショートを食べててさ。だから俺、イチゴのショートなら食べられるようになった。ユキが食べるものを食べられるようになろうって。そこから、普通に甘い物も食べられるようになったと」

「そんな重大な後出しをするなっ！　なんだって？　俺は今知ったぞ。それはいったいいつのことだ。何歳のときだっ！」

恋とは別に、子供の頃から良太郎の面倒を見てきた雪栄にはこの告白が衝撃だった。彼の趣味嗜好《しこう》はすべて把握していると思っていたのに。

「小学校の一年か……そこいらかなあ。あれだ、初めて彰一さんが俺たちにケーキを作ってくれたときかな。彰一さんも『ユキはイチゴケーキが大好きだなあ』って言って、ユキも『うん、ケーキの中で一番好き』って答えた」

覚えてません……っ。

雪栄は低く呻いて、「なぜだ」と呟く。

「ユキは、自分の事には無頓着だから。他にもいろいろと……」

「言うな。馬鹿良太郎」

「なんでそこで馬鹿って言うのー」

「うるさい。早くケーキを食べろ。散歩に行くぞ」

「俺……次の仕事のプロットがあるんだけど……」

良太郎はケーキを食べながらモジモジと言い訳した。

「ホントかよ」

「早め早めにしておかないと今回はヤバイ。……ドラマCDのブックレット用小説と、販促小説だろ……あとは……とにかく、いろいろある」

「な……っ！　それを早く言えっ！　ドラマCDだと？　凄いじゃないかっ！」

雪栄は大きな拍手をするが、良太郎は「大したことないよ」と平然としている。

「何を言うか。大事なことだっ！　ゆくゆくはアニメ化だな。俺には萌《も》えというのはよく分からないが、お前の話が面白いのはよく分かる。……CDの予約日は教えろよ。纏《まと》めて予約してやる」

するど良太郎は、微妙な顔で「それはやめて」と低い声で言った。

「なんで」

「嬉しいけど恥ずかしい」

「じゃあ、ブログに書く。『俺の友人の本がドラマCDになりました。よろしく』って。お前のサイトにリンクも貼っておく」

「それはもっと恥ずかしいっ！　ユキのブログは、ランキング上位なんだよ？　いろんな人に知られちゃうじゃないかっ！　というか、ユキは大げさだっ！」

良太郎は顔を赤くして、「勘弁してください」と首を左右に振る。その仕草が可愛くて、雪栄はもっと意地悪したくなった。

「作家なんだから、いろんな人に知ってもらわないと。おばさんに電話して、うちの家族と一緒にCDを予約するというのはどうだ？」

「頼むからやめてー。それでなくても母さんは、俺の本をいつも何冊も買って、仕事先の人に配ってるんだから。俺死ぬ。恥ずかしい」

良太郎は両手で頭を抱え、「ひいぃぃ」と言いながら椅子からずり落ちる。

「どうしてそこで恥ずかしがるのか、俺にはよく分からない」

「そういうもんなのっ！」

良太郎はテーブルから頭だけ見せて、「いつも通りでいいですから」と呟いた。いつも通りというのは、良太郎の元に届いた献本を雪栄がもらうということだ。

だが雪栄は良太郎には内緒で、彼の新刊はいつも書店で買っていた。

「あー……うん。そうか。良太郎がそうしてほしいってなら、それでいい」

雪栄はニヤニヤしながら頷く。

「絶対だよ？　ユキは変なところが意地悪だから……」

「俺のどこが意地悪なんだ？　こんなにお前のことを思っているのに」

「セックスまで意地悪されたら、俺はちょっと困っちゃうな」

良太郎はさらりと言って椅子に座り直し、チョコレートケーキとイチゴのケーキを交互に食べて「旨い」と感想を漏らす。

雪栄は良太郎の台詞に凍り付いた。

「キスもしてないのにセックスの話をするな。俺たちはまだ、そういう段階じゃないだろうが。落ち着け。落ち着け俺も」

「キスとセックスが一緒でもいいよね。……そうだ。俺がシチュエーションとか考えてプロットを立ててみようか？　それとも、短編を一本書いてみるとか」

「その前に仕事しろよ」

雪栄の突っ込みはもっともだ。良太郎は苦笑して肩を竦《すく》める。

「一気にすべて済ませるのは勿体ないから、ゆっくりな」

「ユキは、美味しいものはいつも最後に食べるもんね」

「気にしたことなかった」

「俺はずっと前から知ってるよ」

良太郎は雪栄を見つめ、目を細めて微笑む。

彼の視線は、「俺はユキのことなら全部知っている」と語っており、雪栄は恥ずかしくなった。

「……馬鹿良太郎」

だから、以前とは違うんだから……そういう台詞を言われると嬉しくて照れくさくてどうしていいか分からなくなるんだって。どうして俺のことをいっぱい知ってるんだよ。俺が良太郎のことを知ってるだけでいいじゃないか。ホントに馬鹿だなお前。

雪栄は、良太郎が「馬鹿って言うなー」と唇を尖らせている前で、そんなことを思いながらニヤニヤとだらしない笑みを浮かべ続けた。

だが数日後には、雪栄は再びだらしなく笑ってしまう出来事が起きた。

デートだ。

空に願うどころか呪《のろ》いまでかけそうな勢いだったが、どうにか当日は晴天になった。

待ちに待った休日。楽しい土曜日。素敵なお天気。

雪栄は朝五時に目を覚まし、身支度を調えてからキッチンに向かった。

デートと言ったら可愛い弁当だろう。俺も何度か食べたことがある。あれは大事なラブアイテムだ。いつもの何倍も腕によりをかけてやるぞ。

雪栄はTシャツとデニムの上からエプロンを着け、冷蔵庫の中から、下ごしらえが済んでいる食材を取り出した。

ふふん。まずはアレだ。鶏の唐揚げは絶対に必要だ。手羽先をチューリップにしたものと、普通の唐揚げの二種類。味は当然変える。エビフライ。ウインナーはかに型とタコ型。卵焼きも大事だ。良太郎の好きな、少し甘めの厚焼き卵。それとは別に、うずらの卵とタマネギの串揚げ。カリフラワーとニンジンのマリネに、アスパラガスのハムチーズ巻き。ちくわキュウリ、一口海鮮シュウマイに、厚揚げと大根とカジキマグロの煮物。箸やすめの自家製漬けものも用意する。サラダはシンプルにグリーンサラダ。デザートは、自家製シロップに漬けたグレープフルーツ。これに、鮭《さけ》とタラコのおにぎりと、辛子マヨネーズとチーズのサンドウィッチがあればいい。何もかも良太郎の好物だ。

雪栄はメニューを書いたメモ帳を作業台に置き、丁寧に手を洗って作業を始める。

弁当は、冷めても旨いおかずが原則だ。そこに愛がこもっていれば、なおさらいい。

「まったくだ。……愛は大事」

「俺、エビフライにタルタルソースがかかってるのがいいな。ユキの作るタルタルソースって旨いから」

「任せろ……って、良太郎」

雪栄は、声のした方に顔を向けた。

良太郎がカウンターから身を乗り出して目を輝かせている。

「まだ早いから寝てろ」

「俺にも何か手伝わせて。ユキに全部させられない。俺の愛をユキに食べてほしいんだ」

「え？　ええと……そうか、でも……良太郎にできるのは……」

雪栄はポッと頬を染め、食材と良太郎を交互に見た。

「じゃあ俺、早起きしてお弁当を作ってるユキのために、ここで応援しててもいい？」

なんだよそれ。バカバカしい。でも……凄く嬉しいから、是非。

雪栄は赤い顔のまま「好きにすればいい」と言って照れた。

「その照れる顔が、凄く可愛いんだよ。見てる俺がとろけそうです」

「あ、朝っぱらから……そういういやらしいことは言うな……っ」

とろけるだろと？　ああもう、そのうち俺に押し倒されてとろけてしまえっ！　いくらでも相手をしてやるっ！

雪栄は頭の中を桃色の妄想でいっぱいにし、男らしくおにぎりを握っていく。

「ホント、ユキは器用だ。俺の可愛いお嫁さん。大好きだよ」

「そうかっ！　俺もお前が大好きだっ！　応援はもういいから、ゲームでもして出来上がりを待ってろっ!」

声が上擦ったり裏返ったりと忙しい。

良太郎に気持ちを煽られた雪栄は、いつもの倍の速さでおにぎりとサンドウィッチを作り、煮物を圧力鍋に入れ、揚げ物と格闘した。


「ここが、俺の選んだデート場所です」

良太郎が二人分の入園料を払って、雪栄を連れてやってきたのは新宿御苑《しんじゅくぎょえん》だった。

「え?」

いや……実家で車を借りずに電車に乗ったところで、遠出はしないと思っていたが。

雪栄は、目の前に広がる気持ちよさそうな芝生を見つめて、苦笑した。

桜の時期はとうに終わっているが、整備された芝生の上、人々はのんびり寝転んでいる。

「初めてのデートは、御苑の芝生でゴロゴロする。これが俺の夢だ。ユキと来られて凄く嬉しい」

良太郎はちょっと頬を染めながら、ほこほこと日当たりの良い場所にレジャーシートを敷き、靴を脱いで寝転がった。

「なんというか……お前らしいといえばお前らしい」

雪栄も彼に倣って靴を脱ぎ、シートにあぐらをかく。そして周りを見渡した。

家族連れが少し。あとはみんなカップルだ。みなぴったりとくっつき、自分たちの世界に入っている。男同士のカップルである雪栄と良太郎がいても、違和感がないのは不思議だった。

「良太郎。いっぱい日に当たっておけ。日光は体にいい。気が滅入らなくなるそうだ」

「うん。雪栄の膝枕で寝たい」

「俺もしてやりたいのは山々だが、公共の場ではやめておこう」

「あー……了解。残念だけど了解」

良太郎はゴロゴロと寝転がって、心の底から残念そうな声を出す。

「どうして、最初のデートがここなんだ？」

雪栄は、大きなトートバッグの中からポットと二つのカップを取り出し、たっぷりと作ったほうじ茶を注いだ。

「ユキは、自分で言ったことを忘れてる。高校生のときにテレビで御苑を中継したとき
『俺、ここでのんびりしたいな。恋人と来られたら最高だよな。青空を見て、隣に恋人が

いて、旨い弁当がある。最高の幸せだ』って、一人でブツブツ呟いてた」

え？　なんで覚えてるの？　というか、俺はそんなことを言いましたか？　覚えてないっ！　なんだそれ、恥ずかしいな。

雪栄はカップの一つを良太郎に渡しながら、顔を赤くした。

「俺たち、恋人同士になったでしょう？　だからユキをここに連れてきたかった。もしもう、誰かと来てたらアレですが」

「来てない。誰とも……。良太郎が初めてだ。……本当に好きなヤツとデートしたのも初めてで、恋人とここに来たのも初めてだ。初めて尽くしで……照れる」

雪栄は顔を赤くしたままカップを両手に持ち、俯いたままずるずると茶をすする。

するとと良太郎が低い声で笑った。

「そうか。初めてなんだ。ユキの初めてをいくつも奪ってしまった。なんかドキドキする。太陽さん、いやらしい俺でごめんなさい」

良太郎は寝転んだまま言って、雪栄を見上げる。

優しげで、でもとても綺麗な顔の男が、愛しそうに目を細めて自分を見上げている。

今まで、こんな風に見つめられていただろうか。雪栄は思い出せない。

「ユキ、照れてる。可愛いよ」

「別に……照れてなど」

嘘だ。雪栄は思い切り照れている。いや、戸惑っている。

今まで、良太郎と一緒にいても「気まずい」とか「会話に困る」ということはなかった。

お互い、そこにいるのが当然だったのだ。

なのに今、雪栄は、良太郎とどう話をしていいか急に分からなくなった。

いつものように、言葉がするりと出てこない。彼の視線が妙に気になる。まるで、裸でここにあぐらをかいているような、信じられない恥ずかしさに包まれて、雪栄は良太郎から視線を逸らした。

「……め、飯を食うか？　少し早いけど。な？　いっぱいあるから……」

「俺は……もう少しユキと、こうしてのんびりしていたいんだけど」

ゆっくりと良太郎が体を起こす。そして、雪栄の肩に頭をもたれさせる。

誰ものんびりしていて、自分たちを注目などしていない。それは分かっている。だが雪栄は、肩に感じる良太郎の熱が恥ずかしくて、必要以上に乱暴に彼の頭を叩いた。

「俺がせっかくいっぱい作ったんだから、弁当を食えっ！」

良太郎は痛かったはずだ。叩かれて少し呻いていた。だがすぐに笑顔に戻る。

「ユキの照れ隠しだって分かってるから、大丈夫。そんな、泣きそうな顔しなくていいからね」

「大の男が、公共の場で泣くか」

「本当にユキは可愛くて……俺はこの場でユキを押し倒してしまいそうです」

「お、押し倒す……だと？　そしたら……泣くかもしれん……」

思わず口から零れ出た言葉。

雪栄は慌てて口を噤《つぐ》むが、良太郎は嬉しそうに笑って「お弁当！」を連呼した。


いっぱい作ったという自覚はある。きっと残るだろうと思った。なのに、なんでこいつは、全部食べようとするんだ？　苦しいのを我慢してるのか？

雪栄は、目の前で「美味しいね」と言いながら黙々と弁当を食べ続ける良太郎を見て思った。

「全部食べ切らなくてもいいって、最初に言っただろ？」

「うん。でも、ユキの作ったおかずは全部美味しいから」

「持って帰ろう。エビフライと鶏の唐揚げは、卵でとじて丼物にすれば旨い。煮物だって、温め直して……」

「今ここで食べることに意義があるんだ。俺たちは恋人同士で、デートでここに来てる。ユキは俺のために旨い弁当を作ってくれた。それをすっかり食べられなくてどうするんだ？　俺は。十年近くのユキの愛がこもってるんだぞ？　そりゃ食べるって。ね？」

馬鹿だ。こいつ。もの凄く面白い小説を書く才能はあっても、それだけだ。なんなんだよ、そんなに必死になって。馬鹿。嬉しいじゃないか。

雪栄の視界がじわりと滲む。

「ユキ、残したりしないから泣かないで。ね？　大丈夫。ユキの作ってくれた弁当は最高だよ？　俺、こんな旨いユキのご飯を毎日食べられて、本当に愛されてるなって思う」

頼むから、もう言わないでくれ。そんな嬉しいことを言わないでくれ。ホント。

雪栄は良太郎を見ていられずに俯いた。そして自分も箸を持ち、残っているタコ型ウインナーを頬張る。

「今度の弁当は、山の頂上で食べよう。きっと気持ちがいい」

「……俺たちが登れる山なんて、あるのか？」

「ユキ。高尾山《たかおさん》なら大丈夫」

ああ確かに。俺の両親もよく行っていた。登山と言うよりハイキングだ。

雪栄はちらりと顔を上げ、良太郎を見た。

「一緒に行こうね、高尾」

その顔があまりに真面目で、雪栄は噴き出す。じわりと溜まっていた涙も零れた。

凄く幸せで、楽しくて、本当に好きな相手と思いが通じて一緒にいるのは、こんなに楽しいものなのだと雪栄は初めて知った。

「ずいぶんと意外な展開だったね。でも、あの子の突拍子なさは昔からだったから、これはこれでアリな展開なのかな」

初めて雪栄が彰一に助けを求めて泣いた日から、どれだけ経っただろう。

毎日が幸せすぎて浮かれまくっていた雪栄は、十日も経ってから、「そうだ彰一さんに報告しなければ」とようやく思い出してソレイユを訪れた。

そして、自分と良太郎に起きた「大事件」を報告した。

今日も早々に売り切れになった洋菓子店ソレイユの厨房で、持参した焼き鳥とビールで腹を満たしながら。

「あいつ……俺が思っている以上に……いろいろ考えてて……俺のことを考えてくれてたんです。そう思ったら、可愛くて可愛くて。抱き締めてキスしたら、きっともっと可愛くなるんだろうなと」

雪栄は頬を染めて、だらしない笑みを浮かべる。最近雪栄は、気を抜くとだらしなく笑ってしまう。

「もっとこう……ドロドロすると思ったのに。俺としては残念だ。ユキが俺のものにならない」

「すみません。そして、こんな俺に優しくしてくれてありがとうございました。これからも、ひとつ、『信頼できる年上の優しい幼なじみ』として、お付き合いを……」

「それはいいけど。……リョウを抱きたいっていうなら。それなりのお勉強をしておかないと、気持ち良くないって言われそうだな」

浮かれながら頭を下げる雪栄は、彰一の冷静な呟きに凍り付いた。

「え……？」

「リョウは、ユキが知らないだけで、もしかしたらいろいろな経験があるかもしれない」

そう言われてみれば……そうかも……。

雪栄は、良太郎の下半身事情は何も知らなかった。いつも彼の傍にいたし、「観賞用美形」としての立場が定着していたので、雪栄は安心していたのだ。良太郎には、変な虫は絶対につかないと。

なのに本人から「実は童貞じゃありません」発言があった。厳しく叩けば、他にもいろいろ埃《ほこり》が出てきそうではある。

「俺は……良太郎なら別に童貞でもいいと思ってた。美形なのに童貞……凄く可愛いじゃないか。俺はそういうのに、ドキドキする。でしょう？　彰一さん」

「俺に話を振らないで。……で、リョウに下手くそって思われないために、勉強してみる？」

彰一は雪栄の顔を覗き込み、右手の人差し指で雪栄の顎をくいと上に向けた。

「あ」

「経験豊富な俺に師事すれば、リョウはユキから離れられなくなると思うけど」

「しかし……」

雪栄の気持ちは再び揺れた。大好きな良太郎を悦《よろこ》ばせるために必要な技術が自分にあるかと問われれば、答えは「分かりません」だ。同性だけに、どこをどうすれば気持ちよくなるかは分かる。だがそれだけでは物足りない。自分がどれだけ良太郎を愛しているか、欲しいと思っているかを訴える技術も必要だ。そして雪栄は、常に良太郎の一歩先を歩いていたかった。

「『ふーん、こんなもんか。思ってたより大したことはない』とリョウに思われたかったら、それはそれでいいけど」

「嫌だ……。そんなのは……嫌だ。良太郎には『ユキとのセックスは最高だ』と思ってほしい。それは恋人として当然でしょう?」

「だから俺がいろいろ教えてあげる……と」

「俺は、浮気はしない」

「そっちの関係が壊れるまで、俺はユキのセフレでいいんだよ」

話が通じません。

雪栄は困惑した顔で彰一を見つめる。

「リョウにはわからないようにね、今度からキスマークは付けない。ユキは俺をリョウだと思って触ればいい」

「でも、その……俺は」

「ユキは、リョウの乳首を嘗めて気持ち良くさせたくないの？　上手い嘗め方を覚えればいいよ。最高のフェラがどんなものか、俺が教えてあげる。大事だよ舌の動きは」

彰一は、甘いマスクでいやらしいことをさらりと言う。

「わざわざ……そう……言わなくても……っ」

「ユキは、焦らされて悶えるリョウの可愛い泣き顔を見たくないの？」

「……み、見たい」

「ユキ出ちゃうよお願いっておねだりするリョウの声を、聞きたくないの？」

「……聞きたい、です」

「でも、今のままじゃ無理だよねー」

彰一の指先が雪栄の首筋から耳の後ろに移動して、耳たぶを優しく揉んだ。それだけで雪栄は小さな声をあげる。

「だめ……彰一さん……」

「ユキとリョウがくっつくことは、絶対にないと思ってたんだけどな」

「リョウが……俺に歩み寄って……くれるって……」

「それがおかしいんだよ」

彰一は雪栄の腕を引き寄せ、自分の膝の上に座らせた。

「彰一さんっ！　俺はもう、あなたとは……っ」

「だめ。体が覚えているよ。ユキの体に初めて触れた男は、俺だって覚えてる。俺の指が大好きだって、すぐに反応してくれる。ユキは可愛いなあ」

彰一は雪栄の耳たぶに唇を押しつけて囁き、何度も甘噛みする。

「それ…………だめ。だめだ…………っ」

雪栄の体から力が抜け、快感で背が仰《の》け反《ぞ》る。

すると彰一は、雪栄のジャケットのボタンを外し、ワイシャツ越しに乳首にキスをした。

「あ、あ…………っ」

「最初はこうして、布越しに吸ってあげるといいよ。気持ちよくなってくれるはずだ。ほら、こんな風にすぐに乳首が勃起してくる。こりこりで旨そうな乳首だ」

雪栄は彰一の舌と歯で乳首を嬲られる快感に抵抗できず、小さく短い声を上げ続ける。

「可愛い声だねユキ。こんな風に弄ってあげれば、リョウもきっと声を上げてくれるよ」

「そんな……、ああ……だめ、彰一さん……っ……俺は良太郎にしてもらいたい……っ」

「俺は君たちの関係を壊したい」

彰一の低く意地悪い声に雪栄は我に返り、体を捩《よじ》って彼の膝から落ちた。

尻を打って痛いが、その痛みが快感を押さえ込む。

「壊すのは簡単だよ。やり古した手だけれど、ユキが裸で乱れている写真をリョウに送ったらどうなると思う？　もしくは、俺が直接リョウに言ってもいい。『ユキは、口ではリョウが好きだと言っておきながら、俺の誘いを断らなかった』ってね。ああ、こっちの方がいいかな。写真はいくらでも合成できるしね。言葉の方がいい」

優しい微笑みを浮かべたまま、淡々と酷いことを呟く彰一を、雪栄は唖然と見上げた。

「そんなに驚かないで、ユキ。だから俺は言ったでしょう？　そんなに優しい男じゃないって。愛のためになりふり構わず動くこともあるんだよ」

「そんな」

雪栄は首を左右に振って唇を嚙みしめる。

だが、彼にこんな態度を取らせたのは雪栄のせいだ。自分を好きだと告白し、慰め、優しい声をかけてくれた相手なのに、悩みが解消された途端に「あなたは他人ですから」という態度を取ってしまった。

彰一でなくとも腹が立つのは当然だ。

「すみません。俺が……一人で浮かれて……彰一さんの気持ちも考えずに……」

「なんだ。反抗しないのか。面白くないな。しかも俺は同情されちゃってるし」

彰一は雪栄の前に膝をつき、わざとらしいため息をつく。今までの優しい態度とはまったく違っていた。

「彰一……さん？」

「好きな相手を前にして、いつまでも余裕の態度でいられない」

彰一が雪栄の肩に手をかける。

「それ以上……俺に触ったら、本気で抵抗しますよ。殴って蹴《け》って、渾身の力で抵抗します。だから彰一さんも、手加減しないで俺を殴りつけてください。俺はあなたの優しさを利用した、最低な男ですから」

ごめんなさいごめんなさい。本当にごめんなさい。全部俺が悪いんです。分かってます。でも、見返りに自分の体を渡すことはできません。もし良太郎との仲が壊れてしまっても、今度は俺は、誰にも頼らず一人で解決しますから。本当に、ごめんなさい。

雪栄は唇を噛みしめ、彰一の一挙一動を見る。

「ユキ」

「はい」

「ここで顔に青タンできるまで殴り合ったりしたら、俺は明日、接客できないでしょ？　一人で切り盛りしてるのに」

彰一が呆れ声を出す。

雪栄は真面目に頷こうとしたが、顔に青タンを作って接客している彰一の姿を想像して噴き出した。

「酷い子だ。俺はこんなにも真剣なのに」

「ごめんなさい」

「そういう子にはお仕置きだ」

彰一は、そう言うが早いか、雪栄を強引に抱き締めて唇にキスをした。

雪栄は文句を言おうと口を開いたのがまずかった。その隙間から彰一の舌が滑り込み、雪栄の舌を絡め取る。

「ん、ん……っ」

口調と違う乱暴な愛撫に、雪栄の体は熱く反応した。抵抗しようとした両手は、気がついたら彰一の背中に回って彼のシャツを摑んでいる。下肢も、スラックスの上から勃起しているのが分かった。

唇は未だ解放されず、彰一の手は雪栄の股間を強く摑んだ。

口腔《こうこう》への間で体の力が抜けてしまった雪栄は、そのまま彰一の指で股間を弄られる。

スラックスの上から、こね回すように乱暴に性器を擦られた。直に握られずに弄られ続け、雪栄のスラックスに先走りの染みが現れた。

勃起した陰茎と下着がぬるぬると滑る感触が気持ち悪い。なのに、先走りは溢れて止まらず、雪栄の股間は染みが広がって漏らしたあとのようになった。

長く執拗《しつよう》なキスに雪栄の唇の端から唾液《だえき》が垂れる。

彰一に舌を吸われながら股間を揉まれると、フェラチオされているような気分になった。

下肢に断続的に力が入り、射精に向けて神経を集中する。雪栄は、もうスーツを着たままでも構わないと思った。

「まったく。……ユキは恥ずかしいことばかり覚えて」

ようやく唇を離した彰一は低く笑って雪栄の耳に囁き、過敏な耳を甘噛みする。

「ん、んう……っ……もう……っ」

乱暴に股間を扱かれた雪栄は、そのまま下腹に力を入れて射精した。スラックスにあった染みは大きく広がり、前を隠して歩かなければ漏らしてしまったのかと思われるほどだ。

「今度俺の前でのろけてごらん。これぐらいのお仕置きじゃ済まないよ、ユキ」

「俺の……キス……。良太郎と最初にしようと思ったのに…………っ」

「お仕置きと沈黙料です。これくらいもらっておかないと、割に合わないだろう？」

彰一は天使の笑顔を浮かべ、悪びれもせずに雪栄の唇に再びキスをした。今度は触れるだけの可愛いキスだ。

「優しい……お兄さんだと……思っていたのに……っ」

「だから何度も、そんなに優しくないって言ったでしょ？　はい、どうもごちそうさま。ユキ、俺のところには、もうただでは避難させてあげないからね。最初はキスだ。次は何をもらおうかな」

「な、何も……渡しませんから……っ」

雪栄は涙目で立ち上がるが、内股を流れる精液に顔をしかめる。

「そのままで帰るの？　俺のマンションに……」

「帰りますっ！　もう絶対に来ませんっ！　彰一さんの馬鹿っ！」

最後はもう、子供の悪態だ。

「おいユキ。何か落とした……」

「うるさいっ！　彰一さんなんか大嫌いだっ！」

雪栄は顔を真っ赤にして大声を出すと、ぎこちない恰好で店を飛び出した。

この状態で商店街を通って表通りを歩いてマンションに戻ることはできない。そう判断した雪栄は、裏通りから公園を抜ける道を選んだ。

……夜になると不審者が出るって噂だから、あんまり通りたくないんだけど、今はそんなことを言ってる場合じゃない。

スラックスの股間に大きな染みを付けて歩く自分が、不審者に間違われてはたまらないと、雪栄は帰路を急ぐ。するとすぐ後ろで携帯電話の着信音が聞こえた。

慌てて振り返ると、息を切らせた彰一が携帯電話を持って立っている。

「彰一さん……不審者……」

「おバカさん。ほら、忘れ物を持ってきてあげたよ。早く電話を取りなさい」

彰一は雪栄に携帯電話を渡した。

雪栄は液晶画面で相手を確認する。良太郎の母だ。

「もしもし、雪栄ですけど」

『ユキちゃんっ！　よかった！　あのね、良太郎がね……』

「どうしたんですかっ！　ふらっと外に出て事故に遭ったとか？　病院はどこ？」

雪栄の大声に、傍で聞いていた彰一はびくんと体を震わせた。公園の生け垣の間からも、何かがガサガサと場所を移動する音がする。

『違うの。……あの子、見合い会場から飛び出たまま連絡が取れないのよ』

見合い……だと？　俺は何も聞いてないが。あいつもいつも通りだったが。

雪栄は険しい顔で、良太郎の母の話を聞く。

『相手のお嬢さんは高校の同級生だったらしくてね、最初はずいぶんと話が盛り上がったのよ。少し早いけど、良太郎みたいな一人じゃなんにもできない子を、いつまでもユキちゃんに任せるのは申し訳なくて。だからね……』

雪栄は話を聞いていられなくなって、携帯電話を彰一に渡した。

彰一は「え？　俺？」という顔をして最初は断ったが、雪栄が泣きべそを掻いたので仕方なく電話を受けた。

そして名乗りを上げたところからしばらく世間話が続き、「洋菓子店ソレイユ」の話になった途端に、今度はケーキの話になり、良太郎の話になったのは、何十分もあとだった。

「……そうですか。はい……はい、分かりました。ユキにも言っておきます。……はい。では来週の月曜日、予約用のケーキを作って待ってますね。ありがとうございます。はい、失礼いたします」

通話時間は五十分。

彰一は「主婦のパワーは凄すぎる」と感想を漏らし、雪栄の姿を捜した。

雪栄はというと、幽霊のように、外灯の下に立って項垂《うなだ》れている。ある意味不審者よりも恐ろしい。

「俺……何も知らなかった」

「知っていたら今日、仕事帰りにスキップしながら俺のところにこなかっただろうしね」

「スキップなんてしてません」

「たとえですたとえ。……ほら、送ってあげるから家に帰りなさい」

雪栄は首を左右に振って、その場を動かない。

「スーツ、濡れちゃってるでしょ？」

「禍福《かふく》は糾《あざな》える縄のごとしとは……よく言ったものだ」

だったら不幸のときの方が幸せを感じられるって？　俺ってどうしてこう、後ろ向きな考えに酔うんだ？　良太郎のことなら性格や嗜好や行動その他全部、知ってると思ってたのに。俺は実は知ったかぶりだったのか？　本当の良太郎のことを、俺は何も知らない？

「見合い」のダメージは意外にも大きく、雪栄は大きな石を抱いて海に潜るような、抗えない重さを感じて、その場にぺたんと尻餅をついた。

「ユキ」

「彰一さん……俺、重くて立てないから。彰一さんでも、抱き起こせないから」

雪栄は、差し伸べられる手を握れず、目に涙を浮かべる。

「自分がこんなに馬鹿だとは思わなかった。ずっと優等生だったのに。みんな俺を頼ってくれたのに。今の俺は……」

「だからね、俺ならユキを泣かせたりしないって。もし今回の事が誤解であっても、きっとまた似たようなことが起きる。そのたびにユキは、こうして一人で泣いて我慢するの？」

彰一の優しい声に、雪栄は答えられない。

地面に座り込んで俯き、涙を零す。

そのとき再び、雪栄の携帯電話が鳴った。相手の名前が液晶画面に出た。だが彰一は雪栄に断りをいれずに電話を受ける。

「はい、こちら山咲雪栄の携帯です」

『……分かってますけど、誰？』

「優しい年上の幼なじみの彰一です」

『あ、ああ彰一さんっ！　こんばんは。……でも、どうしてあなたがユキの携帯を持ってるんですか？　もしかして一緒にいる？　飲んでるなら、俺もソフトドリンクでご一緒しますっ！』

携帯電話から、良太郎の陽気な声が聞こえてきた。雪栄は涙と鼻水で濡れた顔を上げる。

「あのね。……今ね、ユキは泣いてるの。見合いのことをどうして言ってくれなかったんだって。凄く傷ついてるよ」

彰一の冷ややかな声。

電話の向こうで良太郎が沈黙した。

「君にユキの相手は無理だ。やめておきなさい」

『あなたには関係ないことです。ユキに代わってください。俺はユキと話がしたい』

「ユキは君と話がしたくないと言っている。このまま、俺のマンションに連れて行くから」

『だからあんたは、ユキのなんなんだっ！』

良太郎の怒声が夜の公園に響いた。

雪栄は泣くのも忘れて目を丸くする。今まで長い間一緒に暮らしてきたが、雪栄は良太郎の怒鳴り声など聞いたことがなかった。

「俺は、ユキに愛してると言った。キスもしたし抱き締めて可愛がって……」

「違う……っ！」

雪栄は彰一から携帯電話を奪い、「違うんだ」と良太郎に呼びかける。

『ユキ……？』

「俺……お前が好きだって言えずに悩んでたとき、彰一さんに優しくしてもらって……それで……」

『ユキは……俺に何も聞かずに自己完結しちゃうからね。自信があるように見えて、実は小心なんだ。……今日の事だって』

電話の向こうの声は、苛立ち悔しがっているように聞こえた。

「だって、おばさんが……良太郎が見合いしたって……」

『だから俺の話を聞いてよ、ユキ。ユキは俺を信じてないの？』

良太郎の優しい声は、雪栄を咎《とが》めているようにも聞こえた。

「馬鹿良太郎……俺はいつも不安なんだ。良太郎はこの関係を本当にいいと思っているのかとか、良太郎にお似合いの可愛い子が現れたらどうしようとか、毎日毎日、そんなことばかり考えてる。お前が好きで好きすぎて自分を見失う。浮かれるのと同じくらい、不安でたまらない……」

だから、些細《ささい》な言葉に振り回される。

雪栄はそれ以上何も言えず、嗚咽《おえつ》を漏らした。

彰一は雪栄の手から携帯電話を奪い、彼を抱き締める。

「聞いただろう？　ユキは君の手に余る」

『……確かに、今までのままならそうかもしれない。でも』

そのとき、雪栄は彰一に耳を愛撫されて甘ったれた高い声を上げた。良太郎の言葉が途中で途切れる。

「悪いが、ユキは君に返さない」

彰一はそう言って電話を切った。

「俺は、良太郎を心の底から信じていないのか？　だからいつも、こんな苦しいのか？」

「ユキを不安にさせるリョウが悪いんだ。ユキは悪くない」

「本当に……俺は悪くない？」

「そうだよ。だから俺にユキの体と心を全部渡して」

多分それで、ずいぶんと気持ちが楽になるはずだ。分かっている。雪栄は、自分を抱き締める彰一の腕の中でゆっくりと力を抜いた。

「タクシーで帰っちゃおうか。その方がいいねユキ」

「彰一さんに……任せる」

「そんなにさっさと諦めてもらっちゃ困るんだ、ユキ」

彼らの背後から、スーツ姿の良太郎が現れた。スーツ姿と言っても髪はボサボサでネクタイは緩み、ワイシャツはスラックスから半分出てだらしない恰好になっている。

良太郎は右手に携帯電話を握りしめ、息を切らしていた。

「なんでここが……わかったかなんて、言うなよ……っ」

良太郎は携帯電話の液晶画面を彰一に向けた。

GPS画面は、雪栄の居場所を示している。

「俺は……雪栄の行動を常に把握してる。雪栄がどこにいて、どんな風に動き回っているか、仕事の合間にそれをチェックして和んでる」

「ストーカー……?」

彰一がぼそりと呟くと、良太郎は「愛があるからいいんだ」と開き直った。

「ユキ。一緒に帰ろう。そして今日の事を俺に説明させてくれ。……な?」

だが雪栄は首を左右に振る。

「またきっと……こんなことがある。俺は……良太郎が好きで、好きすぎて……だから、こういうことが繰り返されると耐えられない」

雪栄は彰一にしがみついたまま、良太郎から視線を逸らして呟いた。

「ふざけんなっ！　ユキは、物心ついたときから俺のものだっ！　誰にもやらないっ！」

良太郎の怒鳴り声に、雪栄はビクンと体を震わせてますます彰一にしがみつく。彰一もまた、良太郎に見せつけるように雪栄を抱き締めた。

「ったく……ユキの鈍感っ！　あり得ないほど鈍感っ！　そして大馬鹿だっ！　何も分かってない。俺を好きだと言っておいて、俺のことをちゃんと見てないっ！」

良太郎のため息交じりの声に、雪栄は反応した。

「何が……馬鹿だ。誰が馬鹿だ。俺に酷いことをするお前が馬鹿だ、良太郎っ！」

雪栄は自分を抱き締めている彰一を押しのけ、よろめきながらも良太郎を見た。

「やっと俺を見た」

良太郎は雪栄の前に膝をつき、安堵の笑顔を向ける。

「笑うな馬鹿」

「笑うよ馬鹿。ユキのおバカさん加減には、俺は本当に苦労させられていると思う」

「お、俺は……馬鹿じゃない」

「うん知ってる。勉強は俺よりできるし、建前や外面のために気を使うことも上手い。でもね、俺がずっとユキのことを好きだったの……ユキはまったく気づかなかった。俺はユキの気持ちを知ってたのに、ユキは俺の気持ちに気づいてくれなかった。ユキは、今まで俺の何を見ていたの？　俺を好きだと言ってたくせに、俺の何を見てたんだよっ！」

「……え？」

雪栄は、良太郎が今何を言っているのか理解できなかった。賢いはずなのに、こんな簡単なことが理解できないなんてあり得ないと、混乱した頭の中で地団駄を踏む。

「なんだよ。そういうオチか。俺も騙されたものだな」

彰一が笑いながら夜空を仰ぐ。

「俺は騙してるつもりはない。いつも自然体でいただけだ」

「はいそうですか。では邪魔者は退散しますよ。あーあー、馬鹿臭い。せっかく頑張ったのに……って」

彰一は、いきなり雪栄に手首を摑まれて目を丸くする。

「ご、ごめん……なさい、俺……いつも……彰一さん……酷いことして……ごめ……っ」

釣り上がった大きな目から、ボロボロと涙を零して、雪栄が泣きじゃくった。

「分かってるよ。可愛いユキ。良太郎に飽きたら、いつでも俺のところへおいで。待ってるからね」

彰一は残念そうに微笑むと、良太郎の前で雪栄の唇に自分の唇を押しつける。そして、良太郎の蹴りが飛んでくる前に、「ごちそうさま」と言って走って公園から出て行った。

「なんでユキはされたままなのっ！　俺がいるだろ？」

「いきなり……だった……っ」

「まあいいや。俺と一緒に、あの古ぼけたマンションに帰ろうね？」

良太郎が微笑む。

それを見て、雪栄が涙を零す。幸せな気持ちが苦しくて、涙が止まらない。

「ずっとずっと昔から俺はユキを愛してた。ユキが俺を好きになるより前に、俺はユキが好きでたまらなかったんだよ？」

「……ほ、本当に？」

「うん。早くユキと二人きりになりたくて、だから……大学を卒業したときに家を出たいって親に言ったんだ。俺がそう言えば、俺を好きなユキが、必ず賛同してくれると思ったから。俺は馬鹿だから、ユキと二人きりで長くいられる方法は、それしか考えられなかった。もの凄くユキに甘えたんだ」

馬鹿。その通りだよ。なんだよこいつ……。主導権を握ってたのは俺じゃなく良太郎か？　雪栄は心の中でこっそり呟き、良太郎に小さく頷いた。

「一緒に暮らせば、俺の気持ちを分かってもらえると思ったんだけど、ユキは頑固で後ろ向きで、俺がどんなにモーションをかけても、『幼なじみだから』って顔してスルーするんだもん」

「じゃあ……長い片思いは俺のせいなのか？」

「単刀直入に言うと、そうなる」

そうなのか。俺の鈍感と思い込みが、こんなに長い間……切ない関係を。でもちょっと待ってくれ……。

雪栄は両手で涙を拭ったあと、顔をしかめて良太郎を見た。

「良太郎は、俺が良太郎を好きだと知っていたんだろ？」

「うん」

「だったら、どうしてそのとき……告白してくれなかったんだ？　そうすれば、俺だってこんなに長い間悶々としなくてよかった」

もっともだ。

雪栄は涙で潤んだ目で、良太郎に詰め寄る。

「ユキの悩む姿が凄く可愛かったんだ。この可愛さを失ってしまうのかと凄く悩んで、もう少し堪能《たんのう》しようと思った思春期の夏。……本当にユキは、天使のように綺麗だった。だからモテた。女の子に関しては目を瞑《つぶ》りました。俺と付き合えない代わりというのが分かってたから。ホント、女子に対して失礼だったよユキは。で、男に関しては俺は容赦なかった。影ながら守らせていただきました」

「なんだそれ……。お前の方が……うんと綺麗なのに」

雪栄が苦笑する。

良太郎は、こてんと雪栄の額に自分の額を押しつけ、「ユキは、自分の事もまったく分かってない」と呟いた。

「ユキが俺一途でよかった。サラリーマンになったときが一番心配だったんだ。ユキは綺麗だから絶対に誰かがちょっかいを出すって思ってた。でも、ユキを見てる限り大丈夫だった。ユキはすぐ顔に出るから。俺との関係に悩む姿は、年を追うごとに色っぽくなってますます綺麗で。俺ってSなのかもしれない。そんな風に悩んで、俺の名前を呼びながら一人でやってるユキの声を聞いて、喜んでました。しばらく悶々とさせておきたいって思っちゃった」

雪栄は、良太郎に次から次へと暴かれて驚く。そして、いたたまれなくなった。

何もかも知られていたと思うと、穴があったら入りたい。埋まってしまいたかった。

「ユキは、俺の前ではいつもノーガード。わかりやすいことこの上ない」

恥ずかしい。

雪栄は顔を真っ赤にして、羞恥心に体を震わせた。

「だからこそ、彰一さんに悪戯されて帰ってきたときは、腹が立ちました。……年の功かな、悩んでるユキの心を掴むのが上手い。それが悔しかった。だから、ミスリードしてユキに告白させたんだ」

あのときの、良太郎のあり得ない勘違いの理由がここではっきりした。

雪栄は「お前の策に引っかかるなど……」と、ますます顔を赤くする。

「泣きそうな顔で、追い詰められながら告白するユキは、死ぬほど可愛らしかった。俺はあのとき、ユキの泣きべそ顔で射精しそうになってました。どうしてそんなに苛《いじ》め甲斐《がい》のある性格なんだろう、ユキは」

うっとりと語る良太郎に、雪栄の頭突きが炸裂した。

「じゃあ……あのときの……態度も視線も全部……演技か？」

「半分は。あんな風に逆ギレされるとは思ってなかったから、素で驚きました」

「馬鹿。馬鹿良太郎……っ。俺は……凄く傷ついて……辛くて……っ」

雪栄は良太郎の肩に額を押しつけ、「馬鹿」と力なく悪態をつきながら、彼の胸を拳で叩く。

「ごめんねユキ。でももう、俺の気持ちはちゃんと伝わったよね？　愛してる」

「見合いは……なんだ。あれはかなりザックリきた。あのとき良太郎がここに来なかったら、俺は彰一さんのところに行ってた。それほど……」

「食事に行くからついてこいって言われて行ったら、見合いでした。親の顔を潰すわけにはいかないから、ご飯は食べた。相手は高校のときの同級生。適当に話を合わせてたら、いきなり婚約話が出てさ。『俺はオタクです。萌え作家ですから』って大声出して、テーブルひっくり返して逃げてきた。母親って恐ろしい」

良太郎がパニックを起こして逃げ去る姿が、目に浮かぶようだ。

雪栄はため息をついて「本当に馬鹿」と呟く。

「俺はユキしか愛せないから、これでいいの」

「そう言ってくれると……嬉しい」

「なのにユキは彰一さんにあれこれ悪戯されて悦んでるし」

「え？」

「これも……そうだろう？」

良太郎の右手が、雪栄の股間をそっと握る。そこはまだ射精で湿っていた。

「服を着たまま苛められて、それで出しちゃうなんて……。ユキってM？　俺がSだから、俺たちやっぱり最高のカップルだね」

「俺は良太郎と本当に恋人同士になれて嬉しいのに、良太郎は俺とやることだけしか考えてないのかよ……。酷い」

「ごめんね」

雪栄の頬に良太郎の唇が押しつけられる。

夢にまで見たキスだ。大好きな男の唇が自分に触れる。それだけで、雪栄の体は熱く火照った。

「ユキ、本当にごめんね。俺はユキが好きすぎて、苛めちゃうかもしれないけど……許してくれるよね？」

良太郎のキスが目尻に移って、雪栄の涙を嘗めていく。

「許す……から……もう……っ……一緒に帰りたい。良太郎と一緒に帰る」

「うん」

雪栄は良太郎に手を引かれて立ち上がり、そのまま、良太郎に寄り添って自分たちの住処に向かった。

部屋に戻ってドアを閉めたと同時に、二人は乱暴に抱き締め合って唇を合わせた。

初めは押し付けるだけの軽いキス。小さく笑いながら何度も押し付け合い、離れていく。

雪栄はネクタイを外しながら良太郎にキスをして、どうやって主導権を取ろうか考える。

「だめだよ……ユキ。俺の好きにさせて。ユキの可愛い声をいっぱい聞かせてよ」

良太郎は興奮で潤んだ目を雪栄に向ける。

「俺だって……良太郎の声……聞きたい。感じてる声、聞かせろよ」

「いくらでも聞かせてあげる」

そう言って、良太郎は雪栄の口腔に舌を差し入れた。ユキもそれに応える。

舌を絡め、吸うときの音が玄関に響く。

雪栄は、良太郎の温かな口腔と柔らかな舌がたまらなく愛しくなって、彼の舌先を優しく吸っては口腔をくすぐった。

「やっぱり……口を塞がれると弱いな」

良太郎はそっと唇を離し、唾液で濡れた雪栄の唇を自分の指で拭う。

「俺は……その……もっと……キスしたいんだけど」

ずっと触れたいと思っていた唇が簡単に離れてしまい、雪栄は少し不満だ。

「その前に風呂に行こう。ユキの体を綺麗にしたい。そのスーツ、捨ててもいいよね？」

「嫉妬……かよ」

「そうだよ。悪い？」

雪栄は照れくさそうにそっぽを向いて「嬉しい」と言った。


ユキはそのままでいいからと言われ、雪栄は脱衣所の壁を背にして立っていた。

「そういえば……」

ユキは良太郎に服を脱がされながら、そこまで呟いて口を閉ざす。

良太郎と久しぶりに風呂に入ったとき……あのときの良太郎は俺のことが好きで、俺だけが片思いだと思い込んでたときに、やたらとベタベタしてきたのは……。

雪栄は、あのときももしかしたら良太郎は、自分に「好きだ」と言わせたかったのだろうかと思った。

「ユキ、もしかしてこの前、久しぶりに一緒に風呂に入ったときのことを思い出してた?」

「なんで……分かるんだよ」

雪栄は気恥ずかしそうに唇を尖らせる。

「だと思った。ユキは本当に可愛い」

そう言って、良太郎は雪栄のスラックスに手をかけた。射精が大きな染みとなってしまったスラックスのベルトをゆっくり外した。

「あ、あのな……俺……自分で……」

「だめ」

良太郎は、股間を隠そうとする雪栄の手を払い、ボタンを外してファスナーを下げる。

スラックスはすとんと落ちて雪栄の足首でまとまった。

「ユキ……ここはまだねっとりしてる」

「やだ……そんな……見るなよ……っ」

雪栄の声とは裏腹に、彼の体は良太郎に見てほしくて足を広げて腰を突き出す。すると
良太郎は嬉しそうに笑って、ユキの下着を太股まで中途半端にずらした。

ねっとりと精液をまとわりつかせた陰茎が、半勃《はんだ》ちになって震えている。

良太郎の喉を鳴らす音が聞こえた。

雪栄は、見つめられて感じてしまったことが恥ずかしくて、両手で顔を隠した。

「先っぽから、先走りがたらたら出てる。……俺に見られて興奮してる？」

「そんなこと……言うな……っ」

「俺が何かをいうと、ユキが恥ずかしがって興奮するから可愛くて。会社じゃ、やっぱり
優等生顔をしてるの？　何があっても動じませんって冷静な顔？」

良太郎の指先が雪栄の鈴口に押しつけられ、上下にスライドする。

「んっ……そう、だ。……ああ……そこは……だめ……っ」

雪栄は良太郎に腰を突き出したまま、体を快感で震わせて掠れ声を出した。

「ユキはきっと、会社では可愛い部下で、頼りになる同僚で、素敵な先輩なんだろうな。でも今は、こんないやらしい恰好で俺に悪戯されてる。そのギャップがいいよね」

雪栄は良太郎の指に鈴口だけを弄られて、目を潤ませて耐えている。

「やだ……」

「やだじゃないの。俺が触ってあげないからって、どうして彰一さんのところへ行くかな、ユキは」

「だって」

「キスもセックスも、ゆっくりでいいよねとか言ってるから、さっさと彰一さんにキスされちゃうし。……言ってて、だんだん腹が立ってきた」

「りょ、良太郎……？」

良太郎が突然黙り込み、俯いて動かなくなったので、雪栄は驚いて声をかける。

だが良太郎は何も言わずにため息をついた。

「あ、あのな……？　良太郎。本当に……俺が悪かった。お前を信じ切れずにいて……ごめん。だから今夜は……俺は……初めてだけど……」

雪栄は声を震わせて「お前の好きにしてくれ」と呟いた。声は小さく掠れていたので、ちゃんと良太郎に届いているかどうか分からない。

反応のない良太郎に対し、雪栄は恥ずかしいのを我慢してもう一度言った。

「俺は初めてだが、お前の好きにしていいと……言ってるんだぞ……っ……馬鹿」

ひょいと、良太郎は顔を上げた。嬉しそうに目を細めて微笑んでいる。

「そうか。ユキは俺に恥ずかしいことをいっぱいして欲しいのか。……ほんと、中学生のころからの夢だったんだ。妄想が現実になりました。ありがとう神様」

計られたかもしれない。

雪栄は真っ赤な顔で涙目のまま、そう思った。けれどそれは、良太郎を信じ切れなくて彰一の元に走った自分へのお仕置きでもあると、思うことにする。

「あの……痛いのは……なし、だよな?」

「うん。多分大丈夫。……その、俺も男とのセックスは初めてだけど」

良太郎の答えに雪栄は小さく笑った。

「でもねユキ、俺……攻めてる相手が痛がってるのは好きじゃないんだ。なんていうか、こう……恥ずかしいのに感じてしまって、それが悔しいって身悶える姿を見るのが好きです。あとは単純に、自分のテクで感じてる相手を見たい」

「マニア……だな」

「うん。初心者だけど、過剰な愛でユキを気持ち良くさせてやる。大丈夫。俺はオタクだ」

「お互い……男は初めてか。良太郎が俺一筋で本当によかった」

雪栄は両手で良太郎の髪を摑んで、乱暴に掻き回した。

「痛いよ……ユキ」

「……これからは二人で、いっぱい勉強しよう。俺たちは……恋人同士……なんだから。多分俺も……嫌がることは……ないと………、あぁ……っ」

雪栄は最後まで言えずに喘《あえ》ぎ、良太郎の髪を摑んでいた手を離す。

「洗ってないのに……だめ……だって……っ」

半勃ちしていた雪栄の陰茎は良太郎の唇に包まれ、強く吸われてあっけなく射精した。

良太郎は雪栄の吐精をためらいなく飲み込み、鈴口を舌先で丁寧に拭って残滓も飲む。

「なんで……勝手に……っ」

「これがユキの味か……。もっとしゃぶってたいんだけど……」

良太郎は雪栄の萎えた陰茎を手で持ち、甘噛みした。

「やだ……俺だって……良太郎の味……知りたい。ずっと知りたかった。俺だけ知られるなんて……そんなのずるい」

欲望が羞恥心に勝った。

雪栄はその場に膝をつき、良太郎の股間に手を伸ばす。スラックスのベルトを外すだけなのに、雪栄は興奮のあまり指が震えて上手くできない。すると良太郎が、自分でスラックスと下着を脱ぎ、怒張した陰茎を雪栄の前に晒《さら》した。

幼なじみの親友でも、思春期以降は露出した下半身を見ることは滅多にない。特に雪栄は、そういうだらしない恰好を許さないので、同居してからも良太郎は風呂上がりに全裸でうろうろすることはなかった。

「俺がしたことと同じことをすればいいと思う。でも大丈夫？　無理すんなユキ」

ずいぶんと立派な良太郎の陰茎を前にして、雪栄は心臓がどきどきした。自分がこれを銜えて良太郎を悦ばせているところを想像すると、自分の陰茎まで勃起する。

「大丈夫。……ずっとこうしたくて……っ」

雪栄は良太郎の前に跪《ひざまず》いて、彼の陰茎を頬張る。匂いや味は、これが良太郎のものだと思うとなんでもない。むしろ、より愛しくて可愛がってやりたくなる。

良太郎に可愛がってもらったように舌を動かし、鈴口を強く吸う。あとはもう、自分がされて気持ちいいことを延々と奉仕する。

良太郎の気持ちよさそうな上擦った声を聞き、雪栄は嬉しくてたまらない。「出すよ」と甘く掠れた声で囁かれるまで、舌と唇で奉仕続けた。

「ユキの舌の動きはエロくていいね」

「そうか……悦んでもらえて……嬉しい」

雪栄は飲みきれなかった良太郎の精液を唇の端から零しながら、目尻を赤く染める。

「これからは、ユキを悲しい目に遭わせた分だけ……俺がうんと優しくしてあげるからね」

良太郎はそう言って、雪栄の体をひょいと抱える。

「え？　な、何……？」

「さっさと風呂に入って、すぐにベッドだよっ！　もう我慢出来ないってッ！」

良太郎の声が浴室で響く。

雪栄は「焦るなっ！」と怒鳴り返しつつ、笑いながら彼のお湯遊びに付き合った。


「一つ……聞きたい」

良太郎の部屋のベッドの上で、雪栄は腰にタオルを巻いたまま真剣な顔をする。

「うん」

「挿入行為は……その……ありか?」

「ありがいい。やりたい。ユキを俺でいっぱいにしたいです。大丈夫……ちゃんとローションは用意してあるから」

「え? 俺が……? なんで?」

ベッドに優しく押し倒され、タオルを奪われた雪栄は、戸惑いの表情を隠せない。脱衣所ではお互いに奉仕して射精したし、浴室でも互いに好きなだけ触り合って、二人揃って甘い声を上げながらバスタブの中で射精した。初めての行為と良太郎の可愛い声にすっかり興奮した雪栄は、絶対に自分が挿入する側だと思い込んでいたのだ。

「良太郎は俺に触られて……あんなに可愛く喘いでたじゃないか。なんで?」

「そりゃあ、愛してるユキに触ってもらえたんだ。いつもの何倍も感じるって。声なら、ユキの方が大きかったし可愛かったよ」

「でも俺は……っ」

「じゃあ、ユキが俺に抱かれることに飽きたら、俺がユキに抱かれてあげるよ」

自信満々の良太郎の提案に、雪栄は低く呻いて険しい顔をする。

「俺……ユキに突っ込みたくて今までいろいろ頑張ってきたんだ……。ユキが凄く好きaで

「……だから……お願い」

雪栄は困った。

良太郎のお願い顔は、凶悪的に可愛い。オマケに心をキュンとさせる。叶えてあげないと罪悪感で押しつぶされそうになる。

どうしよう。凄く可愛くて可哀相だ。……俺がしたいのは良太郎とのセックスなのは分かっている。よく考えてみよう。突っ込むとか突っ込まれるとかではなく、良太郎と一緒に気持ちよくなることが大事なんだよな？　そうだよな。

雪栄はあれこれと必死に考えた末、結論を出した。

良太郎は心配そうな顔で見ている。

「俺を抱いても……いいぞ？」

口にすると死ぬほど恥ずかしいが、雪栄は必死に堪えて言った。

「ユキ……愛してる」

雪栄は、「俺も」と言う前に緊張で体を強ばらせた。良太郎が自分の体にローションをたっぷりと垂らしたのだ。

「何これ……ヌルヌルして……少し粘る」

「うん。新製品のラブ・ローションだって。ネット通販です。すぐに乾かずにいつまでもヌルヌルしてるから、これならいいなと思って」

「良太郎が……選んだなら……っ……あ……っ」

ぬるりと、ローションにまみれた良太郎の両手が雪栄の乳首を責め始めた。

「んぅ……っ」

すべりがよくなったせいで痛みは殆ど感じないまま乳輪ごとつまみ上げられ、鮮やかな色になって硬く勃起するまで擦られる。

「ああ……良太郎……だめだから……そこ……だめ……」

「男なのに女の子みたいに感じちゃうから？」

雪栄は乳首を引っ張られる刺激に身悶えながら、何度も頷いた。

「俺は好きだよ。こういうの。乳首だけじゃなくて、周りも一緒に膨らんでるね。小さなおっぱいみたいだ。もっと揉んであげたら、おっぱいらしくなるかな？」

やはり本物は、自慰のための想像の中の良太郎よりもいやらしい。たまらない。

雪栄は良太郎の筋張った長い指で胸を優しく揉まれる。

「もう少し太ってもいいんだよな、ユキは。そうすればおっぱいも揉みやすくなる」

「あ、あ、あ……っ」

勃起した乳首ごと押しつぶされ、こねられる。雪栄の胸は次第に柔らかく、触り心地が

よくなっていった。

良太郎は雪栄の胸に指を押し当て、その柔らかな弾力に悦びの声を上げる。

「凄くいいよユキ。これからは毎日、俺が揉んであげるからね？　朝と夜と二回」

「夜なら……まだしも……朝は……あ……っ、会社に行けなく……なる……っ」

良太郎の体が移動するときのぬるりとした感触に、雪栄はぴくぴくと体を震わせて喘ぐ。

「ごめ……ん」

「どうしたユキ。何を謝るの」

「俺……変な声を上げてばっかりで……恥ずかしくて……。こんなに感じて、いいのか？　気を付けないとすぐに射精しそうなんだ」

雪栄の体は甘く疼《うず》き熱く火照り、二度も射精したはずの陰茎は、再び天を突く勢いで勃起していた。鈴口からは当然、先走りが溢れて糸を引いて流れている。

「こんな……恥ずかしい体だとは……思ってなくて……ごめん……っ」

「いやらしく感じちゃって、恥ずかしいの？」

「ん。恥ずかしい」

「俺は……」

良太郎は雪栄の耳に唇を押しつけるようにして「恥ずかしがり屋の淫乱《いんらん》は大好物です」

と囁いた。吐息が雪栄の耳を犯す。

「もう、妄想の中でユキを抱かなくてもいいんだ。俺、頭の中で、ユキにすごくいやらしいことをいっぱいさせてた。いっぱい言わせた。ネットでそういうサイトをいっぱい見て、同じことをユキにさせてた。妄想の中のユキは凄く悦んで、何をしても感じてくれてた。……でも、本物のユキには敵わない。最高だよユキ。俺、ユキのために日々技術を磨くからね。凄く愛してる……」

頭の中でなら、俺も同じだ。めちゃくちゃなことをして悦んでた。一緒だよ良太郎。

「ん……っ……あ、あ……っ」

雪栄は良太郎に耳を嘗められ、触られてはくすぐられるたびに身悶える。「もう許してくれ」と泣きじゃくっても、良太郎は雪栄の両方の耳を責めることはやめない。

「も……死んじゃう……っ…死んじゃうよ……っ」

雪栄は身悶え、涙を流して激しく腰を揺らす。良太郎は背後から雪栄の体を抱き、彼のふっくらと盛り上がった胸を乱暴に揉む。そして、乳を出すように乳輪ごと膨れた乳首を指の腹で扱き、耳を強く噛んだ。

耳たぶと乳首への乱暴な刺激で、雪栄は大きな悲鳴を上げて三度目の射精をした。

射精はしばらく続き、揺れる腰は止まらない。

雪栄は過ぎた快感に泣きじゃくることしかできなかった。

「続けて三回は……ユキもきついよね」

良太郎はそう言って雪栄の唇を嘗める。雪栄も口を開いて、二人は互いの舌先を愛撫して甘い吐息を吐いた。

「でも……凄く気持ち良くて……」

「おちんちんを扱かれてないのに射精しちゃうなんて、ユキは本当にいやらしいことが大好きだね」

雪栄はローションで濡れた指を一本、雪栄の後孔に押し当てる。

「あ」

「力を抜いて。……俺に任せておけば大丈夫だから。ね？」

言われた通りに力を抜く。痛みはないが、圧迫感が怖い。雪栄は息を整えて体から力を抜こうとする。

「すぐによくなるからね。もう少し……」

さっきより、何倍もの圧迫感。雪栄は自分の後孔が壊れてしまうのではないかと不安になった。

「良太郎……」

「大丈夫だから、ほら……ここらへん、かな?」

言われた次の瞬間、雪栄の体に変化が現れた。柔らかな快感が、じわじわと寄せては返す波のようにやってくる。胸の奥が切なくて涙が出てきた。

良太郎の指は、そこを優しく愛撫しながら、雪栄の肉壁を慣らし広げていく。

「こんな感じ方……初めて……っ」

「ここが、ユキの一番感じる場所だよ。ここを可愛がってあげれば、射精しなくても、いくらでもイけるって」

「良太郎……」

「ん?」

「……早く俺を可愛がってくれ。何度もイかせて」

雪栄の大胆なおねだりに、良太郎は照れくさそうに笑って「わかった」と呟いた。


雪栄は仰向けのまま腰に枕を敷き、両足を大きくM字に開いた恰好で良太郎に貫《つらぬ》かれた。

焦らされた末に繋《つな》がることができた雪栄は、今度は、良太郎の緩慢な動きに翻弄される。

「やぁ……っ……そこ……もっと強く……っ……頼むから……っ」

「動くよりもユキの体を悪戯する方が楽しい。ここ……感じていない振りをしてもだめだよ。ほら、こうして揉んであげると……」

雪栄のふっくらと興奮している陰嚢が良太郎の掌で優しく転がされ、やわやわと揉まれはじめた。

「どうして……っ……分かるんだよ……っ……ああ、やめてくれ……そこは本当に……っ」

「可愛いなあユキ。おっぱいと同じだね。ここも今度からいっぱい揉んであげるよ」

良太郎は嬉しそうに目を細め、雪栄が感じすぎて啜り泣いても陰嚢を弄ぶことはやめない。それどころかゆっくりと腰を使って雪栄の敏感な肉壁を甘く責め立て、何度も射精のない絶頂を迎えさせる。

「俺ばっかり……やだ……っ……良太郎も早く、俺の中に……精液出せ……っ」

雪栄は自分を貫いている良太郎の陰茎をきゅっと締め上げて誘った。

「もういいの？　ユキは……ちゃんと満足してる？　俺はユキが欲しいと言ったら……いくらでもイかせてあげる」

「良太郎も……満足、してほしい……俺の中にいっぱい……注ぎ込んで……」

雪栄のその声が合図になった。

それまで我慢していた分、良太郎は激しく腰を使う。その動きに雪栄が従う。

体だけでなく呼吸と吐息も混ざり、雪栄は良太郎とともに絶頂に至った。

体の中に熱い何かが注ぎ込まれた感覚がある。

「……女の子なら、妊娠していたかも。凄く濃い……ものが」

「じゃ……じゃあ……子供を作ろう。ユキなら絶対に妊娠できる。俺たちの子供だから、絶対に可愛いよ。ね？　俺の子供を妊娠して」

「真顔で言うな……っ……」

雪栄は顔をしかめて叱るが、良太郎の愛撫にすぐに蕩けて何も言えなくなってしまった。

腰が痛くて声が出なくて目も腫《は》れて、どう頑張っても会社に行けない。

雪栄は年寄りのような掠れた声で会社に電話を入れ、「ぎっくり腰と風邪」という情けない理由を作って休むことになった。

電話を受けた人事課の後輩が、心から同情してくれたのが心に痛い。

「ユキ……今週末は俺がちゃんと看病するからね。本当にごめん。というか、羽目を外してすみませんでしたっ！」

良太郎はベッドの上で土下座をすると、「洗濯機の取り扱い説明書はどこにあるのかな？」と汚れたシーツを洗うために尋ねる。

「洗濯機の横に、紐で吊してある」

「そうか。……で、今日は何が食べたい？　俺が頑張ります」

「病気じゃないんだ。普通にデリバリーでいいよ。無理するな」

雪栄は、しょんぼりと項垂れる良太郎の頭をヨシヨシと撫でてやる。

「俺も家事で、ユキの役に立ちたい」

「それは俺の仕事だから取らないで。本当に、頼む」

セックスでは雪栄は受け身で、良太郎の甘い責めに翻弄されてしまうかわり、家事では優位に立ちたい。それでバランスを取らせてくれと雪栄は思った。

良太郎はしばらくごねていたが、なんとなく雪栄の気持ちが分かったようで、「ユキがそれでいいなら」とデリバリーの食事に賛成する。

「そうだ。……もうソレイユのケーキは買っちゃダメだよ？　ユキ。あの人のことだ。『ユキ専用に作ったよ』とか言って、媚薬入りのケーキを作ってユキに食べさせそうだ」

「俺があの店のケーキを食べるのは、お前と二人で借りたこの部屋だと思うんだけど」

雪栄は呆れるが、良太郎は大変いやらしく楽しい何かを想像したのか、低く笑う。

「それ……いいな。いつも以上に淫乱になって、淫語爆発？　俺、これからもユキに恥ずかしい言葉をいっぱい言わせたい。妄想が現実に」

「何言ってんだ。あれ以上凄いことをされたら、俺が死ぬ」

雪栄は、昨日の夜というか今朝まで延々と続いた濃厚なセックスを思い返し、頬を染めて冷や汗を垂らした。何をどうしたとは説明しにくいが、とにかく、快感で死ぬかも知れないと本気で思ったことは確かだ。

「でもホント……俺は意外と野獣でした。もっと淡泊だったんだけどな……愛しいユキが相手だと、際限がなくなる」

「実は俺も……自分があんなに……なんというか……スケベという言葉が一番しっくり来るのはなぜだ」

雪栄はそう言って、顔を真っ赤にした。

良太郎は「ああ」と声を上げ、「えへへ」と低い声で笑う。

「俺がもっと早く良太郎の気持ちに気づいていたら、男同士だけど爽《さわ》やかなカップルになれたのかな？　今だと、ねっとりとかぐっちょりとか……そういう擬音のカップルだ」

「何を言いたいのか分かるけど……ちょっと下品だよ、ユキ」

「馬鹿。お前のせいだろ」

雪栄は唇を尖らせて、パシパシと良太郎の膝を叩いた。

「それ、夢だったんだ。『ユキって、こんなにエロかったっけ？』『良太郎のせいだろ』っていう会話。いいよね」

「馬鹿だお前は。俺は寝るから、お前はシーツを洗濯しろ。天気がよければベランダに、悪ければ乾燥機だ。分かったか？」

「うん、可愛いユキちゃん。洗濯が終わったら、俺はこの部屋で仕事するからね？　寂しくても、ちょっとだけ待っててね」

良太郎は少し心配そうな顔で、雪栄を見つめる。

大丈夫だ。俺は今までどれだけ長い間お前を待っていたと思う？　たったの数十分を待てなくてどうするよ。安心して、俺の可愛い人。お前が戻ってきたら、まずはキスして

「よくやった」と褒めてやる。だからその後、俺のことを強く抱き締めて。抱き締めていて、もっと別のことがしたくなったら、そのときは要相談だ。悪いようにはしないから。

雪栄は良太郎を見つめ返し「寂しくないけど早く終わらせてこい」と、顔を赤くしてねだった。

「行ってらっしゃいのキスは？」

たかが洗濯に、良太郎は雪栄に顔を寄せてキスをねだる。雪栄は苦笑して、彼の頬にキスをした。

「お前は本当に、俺がいないとだめだな」

嬉しそうに呟く雪栄に、良太郎は「当然だろ」と言い返して笑った。

あとがき

はじめまして&こんにちは。高月《こうづき》まつりです。

今回は、幼なじみラブです。専門馬鹿と見栄っ張りの組み合わせなので、なかなか思うように恋愛してくれませんでした。

「俺はお前の事なんか、幼なじみとしか思ってないいんだからねっ！」という雪栄《ゆきえい》の態度は、書いててとても楽しかったです。というか、心の中の呟きを書くのが楽しかった。

彼らはもう、一生ラブラブです。良太郎《りようたろう》はきっと太ると思う。幸せ太り。そして雪栄は、旨いダイエット料理を作るんだ。いいなあ。私も雪栄の料理を食べたいです。


イラストを描いてくださった宝井《たからい》さき先生、原稿が遅れまくってご迷惑をおかけしてしまってすみませんでした。なのに、あんな素敵なイラストをありがとうございます！　餌付けシーン、大好きですっ！　本当にありがとうございました。

それでは、次回作でもお会いできれば幸いです。

俺《おれ》がいないとダメだから

プラチナ文庫をお買いあげいただき、ありがとうございます。
この作品を読んでのご意見・ご感想をお待ちしております。

★ファンレターの宛先★
〒102-0072　東京都千代田区飯田橋3-3-1
プランタン出版　プラチナ文庫編集部気付
高月まつり先生係 / 宝井さき先生係

各作品のご感想をWEBサイトにて募集しております。
プランタン出版WEBサイト http://www.printemps.jp

著者――高月まつり(こうづき まつり)
挿絵――宝井さき(たからい さき)
発行――プランタン出版
発売――フランス書院
〒102-0072　東京都千代田区飯田橋3-3-1
電話(営業)03-5226-5744
　　(編集)03-5226-5742
印刷――誠宏印刷
製本――小泉製本

ISBN978-4-8296-2477-7 C0193